Le dossier

Aurélie Desjardin

Le dossier

Roman

LE LYS BLEU
ÉDITIONS

ISBN : 979-10-422-4361-6

À toutes ces femmes qui mènent des batailles silencieuses…

À mes enfants, gardez en vous ce trésor qu'est la gentillesse…

À cette petite fille qui avait tant de choses à écrire…

Préface

Chaque famille a ses secrets. Chaque famille a ses dossiers. Le premier roman d'Aurélie Desjardin nous montre comment, au fil des épreuves, au fil des choix, la vie de famille peut basculer dans un sens comme dans l'autre. Elle décrit, page après page, sa lecture psychologique de chaque combat de ses femmes qui sont réunies bien malgré elles par la volonté de faire vivre, ou survivre, leur famille, leurs enfants, et, à travers cette volonté, elles-mêmes.

Il est de bons messages portés par de simples messagers. Aurélie nous montre à travers son écriture, et le personnage de Lisa, une réelle empathie et une capacité à traiter les « dossiers » comme étant un long chemin sans autre vérité que celle de la protection. Elle décrit un pluriel « les dossiers » comme étant bien singulier, « le dossier ».

Il n'est de bons messagers sans messages marquants. Je pense qu'ici, à travers ses pages, sa plume, Aurélie nous montre qu'elle associe à la fois la fonction de parfaite messagère à celle de porteuse du bon message.

Steeve Parmentier
Éducateur spécialisé et ami sincère

Lisa Bernos

Dans le domaine social comme dans la vie privée, il faut tout prendre avec calme, générosité, et un petit sourire aux lèvres.

Rosa Luxemburg

Le huit août deux mille seize, le dossier vient d'arriver à la protection de l'enfance, rue Saint-Georges, une petite rue parallèle à l'église de Cambrai. Je suis assistante sociale dans ce service depuis plus de vingt ans. Chaque matin, j'emprunte les mêmes rues, je marche sur les mêmes pavés. Les bâtiments changent au gré des saisons et des rénovations. Je n'ai moi-même plus la vitalité de ma jeunesse. Les cheveux en bataille, j'apprécie partir travailler à une heure matinale. Même si la canicule se fait ressentir. Une légère brise caresse mon visage, le soleil chauffe sans étouffer, l'air est respirable. C'est de loin le meilleur moment de la journée. J'entre apaisée dans le hall de ce grand bâtiment qui a très peu connu de changement en vingt ans. Je salue amicalement la secrétaire. Il y a un mélange de gêne et de compassion dans son regard. Notre conversation est brève, elle n'a aucun message pour moi. Je me sens en forme, je prends l'escalier, l'ascenseur me rappelle l'hôpital. Je traverse d'un pas nonchalant, le long couloir, tous mes collègues semblent avoir le même regard. Sans y prêter attention, je pousse la porte de mon bureau. Je respire la bonne odeur du café qui est en train de couler. Je m'installe sur la chaise, et je regarde les dizaines de pochettes à rabat en attente d'être traitées dans l'urgence. Je regrette que rien n'ait changé dans ce métier, même si dans le travail social nous n'avons plus rien à espérer. Nous sommes loin du temps où nous pouvions prendre le temps et réellement aider les familles. Il y a toujours plus de cas, plus de complexité, il faut être rapide et rentable. Nous perdons peu à peu ce qui humanise nos actions. Au mieux, les usagers sont devenus des dossiers qui s'entassent dans les bureaux, au pire ils sont devenus des chiffres qui coûtent trop cher et ne rapportent rien. Je reviens après un long arrêt maladie. Je souffle : « Bon retour Lisa. » J'ouvre la première pochette qui m'annonce le décès d'une femme dans un beau quartier de Cambrai, a priori un suicide. Une enquête est donc en cours. Le parquet a un doute sur les responsabilités du mari. Le couple a six enfants. Thomas onze ans, Bryan et Dylan neuf ans, Brandon sept ans, Steeve cinq ans et Kelly quatre ans. Ils iront rejoindre leur grand-mère avant de retourner au domicile familial. Je me demande pourquoi ce dossier a atterri sur mon bureau. Un enquêteur social se rendra au domicile de la grand-mère. Je suis sur le point de passer à la situation suivante.

Par acquit de conscience, avant de le refermer, je parcours le dossier en diagonale, une enquête est bien en cours, et nous n'avons que peu d'éléments. Je vois ce que je savais déjà. La solution de placement a déjà été mise en place. Parfait ! Je demanderai à l'enquêteur social de prendre rendez-vous dans la journée pour s'assurer que tout va bien. Il est mentionné que les enfants choqués ont passé la nuit au service pédiatrie de l'hôpital de Cambrai, et qu'une collègue a déjà commencé le boulot. Si c'est réellement un suicide, le dossier sera vite bouclé. Le père récupérera les enfants chez leur grand-mère. La vie finira par reprendre son cours. Chacun apprendra à vivre avec, ou plutôt sans… Sans leur mère. J'envisage alors de téléphoner au père dans quelques semaines, prendre des nouvelles, et proposer un suivi psychologique pour les enfants. Puisqu'il est inutile que je m'attarde, je jette un œil aux autres dossiers. L'un d'entre eux retient particulièrement mon attention, il est écrit : « Enquête sociale pour suspicion de maltraitance sur les enfants : Thomas, Bryan, Dylan, Brandon, Steve et Kelly Carpentier. »

Je suis surprise, et je me demande s'il ne s'agit pas d'une erreur, ou d'un doublon. J'ouvre la pochette, et je comprends… Nous avons été contactés par l'association *Toutes avec elles* qui soutient les femmes victimes de violences conjugales. Le dossier comprend des photos de la mère des enfants, des rapports médicaux, et un long témoignage d'une vingtaine de pages. Même s'il n'est pas l'auteur de la mort de sa femme, le père y a sûrement contribué. De plus, la maltraitance est constatée sur l'aîné de la fratrie, et dans ce cas, il n'est absolument pas question que le père récupère les enfants si vite. Si je trouve un placement dans la précipitation, les enfants seront séparés. La mère née sous X a été confiée à la Direction Départementale des Affaires Sanitaires et Sociales dès son plus jeune âge. Elle a ensuite été trimballée de foyer en foyer jusqu'à sa majorité. *Si on pouvait éviter de reproduire le schéma familial en envoyant ses enfants à l'Aide Sociale à l'Enfance, ce serait une bonne chose,* pensais-je. Le père, quant à lui, est en froid avec sa famille. Je jette un œil rapide sur les autres dossiers et délègue les plus urgents. Celui-ci va au minima me prendre la journée. Je ne sais pas pourquoi, mais mon intuition me pousse à approfondir. Je veux pousser les recherches. Au grand dam de mes supérieurs, je ne respecte que très rarement les procédures, parce que la lenteur administrative m'exaspère au plus haut point. Je suis une professionnelle de terrain, une professionnelle de l'ancienne génération, la paperasse ce n'est pas pour moi. Ce comportement m'a valu plusieurs avertissements et suspensions. Personne n'a encore songé à me virer, la réalité du travail social est qu'il manque de professionnels. Ils ne risqueront pas d'éjecter ceux qui ramènent des résultats, même s'ils sont contre leurs méthodes. Je contacte ma collègue du CRIP, la Cellule de Recueil des Informations Préoccupantes. Elle me confirme qu'aucune information préoccupante n'a été signalée. Mais enfin… Comment se fait-il que personne n'ait jamais rien vu ?

J'informe aussitôt mon chef de service, j'irai chercher les enfants à l'hôpital. J'irai les amener moi-même chez leur grand-mère qui habite non loin du centre-ville. Cette démarche me permettra de voir si c'est un endroit sûr, en attendant de prendre une décision. Je ne sais encore rien de la grand-mère, mais je fais confiance à mon instinct. Si elle n'est pas fiable, je le sentirai au contact des enfants. Mon chef ne comprend pas pourquoi je tiens à me déplacer en personne, alors que je pourrais envoyer quelqu'un d'autre. Je ne sais pas le justifier, je le sens dans mes tripes.

À mon arrivée en pédiatrie, je me présente à l'équipe soignante.

« Bonjour, Lisa Bernos, assistante sociale, je suis ici pour les enfants Carpentier.

— Vous tombez bien, *répond le docteur*, suivez-moi. »

Nous entrons dans le bureau des infirmiers, où sont présents un vieux pédiatre aux cheveux grisonnants, une puéricultrice très coquette d'une quarantaine d'années, une infirmière aux cheveux courts épuisée par sa nuit de garde et un gendarme.

— Thomas, l'un des enfants, présente de nombreuses blessures. J'ai fait appel à un collègue légiste qui a établi une ITT supérieure à dix jours. Les ecchymoses sont dues à des coups de poing.

Après autant d'années de pratique dans ce métier, je n'arrive toujours pas à accepter que l'on puisse cogner un enfant. Ce n'est pas le premier, et malheureusement ce ne sera pas le dernier. Je sais très bien que ce soir en rentrant chez moi, je vais m'effondrer. Mais maintenant, je dois rester professionnelle.

« D'accord… À quand remontent ses blessures ?

— C'est récent, je dirais deux ou trois jours.

— Et les autres enfants ?

— Ils sont choqués, mais ne présentent pas de traces de coups.

— D'accord, merci docteur.

— Madame Bernos ?

— Oui ?

— Ils ne présentent pas de coups, mais ils…

— Ils quoi ?

— Ils vont vraiment avoir besoin d'aide. »

Le gendarme qui en a vu d'autres me fait un retour rapide sur la situation. Nous allons devoir collaborer. Lui mènera l'enquête pour déterminer les causes du décès de la mère, et moi je prendrai en charge les enfants. Je vais devoir saisir le juge pour un placement judiciaire seulement pour l'aîné. Toute la complexité est là. S'il est le seul à subir des violences, il sera le seul à être protégé. La séparation avec sa fratrie risque d'être une épreuve psychologique terrible. Nous n'avons pas l'habilité de prédire : « Et si le père finissait par battre les autres ? » Les placements ne sont pas aussi simples que l'on pourrait le croire. Mais ils ne seront pas abandonnés, car nous aurons toujours un œil sur eux. Enfin… C'est ce dont on essaye de se convaincre. Car la réalité de terrain et la surcharge des dossiers nous permettront de les revoir que deux fois dans l'année pour évaluer la situation. Nous ne pourrons faire plus.

Que ce soit à l'hôpital ou dans le véhicule de type Master, aucun des enfants ne décroche un mot. Cela ne me surprend pas. Bon Dieu, qu'ont-ils subi ? Pourquoi leur mère s'est-elle donné la mort juste après avoir contacté une association qui était prête à l'aider ?

Je me gare devant chez la grand-mère. Avant de descendre, je les observe. Les regards sont tristes et perdus, que vont-ils devenir ?

Je remarque une dame pleine de tendresse envers ses petits-enfants. Pour nous permettre de discuter en toute intimité, elle leur propose de regarder un dessin animé dans son petit salon. Thomas accompagne ses petits frères et sa petite sœur. Il me lance un regard méfiant qui ne me surprend pas.

« Il semble bien s'occuper des petits.

— C'est un bon garçon, allons discuter dans la cuisine. Vous voulez boire quelque chose ? Un café ? Un…

— Un café, merci. »

Ses mains ridées tremblent en appuyant sur le bouton de la Senseo, puis elle dépose les tasses doucement sur la table. Nous échangeons un bref regard, et je m'attendris face à ses yeux pleins d'eau. Il y a l'âge bien sûr… Il y a surtout son fils. J'attaque :

« Madame, je suis profondément désolée, mais nous allons devoir aborder un sujet douloureux *: Après tant d'années de boulot, cette phrase est toujours aussi difficile à sortir*. Pour le bien-être des enfants, vous comprenez ? Nous devons agir vite, très vite.

La pauvre femme me fait terriblement mal au cœur, elle doit rassembler tout son courage avant de répondre.

— Je dois arrêter de le protéger, je l'ai tant aimé si vous saviez ! Mais il est comme son père… Il ne doit plus faire de mal ! J'ai perdu ma fille, maintenant ma belle-fille, mais je refuse de perdre mes petits-enfants.

— Que voulez-vous dire ?

— Je n'ai été une bonne mère, ni pour ma fille ni pour mon fils. Mais je suis une bonne grand-mère, je m'occupe bien d'eux, vous savez…

— Je ne vous juge pas et je vois que vous aimez vos petits-enfants. Mais il va falloir trouver une solution. Une enquête déterminera si votre fils est responsable du décès de son épouse. Et il y aura probablement une ordonnance du juge pour placer Thomas puisque la maltraitance est avérée. Cela mènera à une enquête approfondie sur votre famille. Il est peu probable que votre fils récupère les enfants rapidement. Si je les dépose à la protection de l'enfance maintenant, ils seront séparés. Et cela pourrait mettre du temps pour les réunir à nouveau. Ils conserveront le lien par un droit de visite. En toute honnêteté, je ne pense pas que ce soit la meilleure solution. Pensez-vous être capable d'assumer les enfants ?

— Je ferai ce qu'il faut, mais je dois vous dire que mes jours sont comptés, me répond-elle d'un ton hésitant.

— Avez-vous un entourage proche qui pourrait vous aider ?

— Oh… ma vieille voisine de quatre-vingt-dix ans…

— J'ai vu que vous avez une fille, pouvez-vous me parler d'elle ?

— Oh vous savez… Je n'ai pas grand-chose à dire sur ma fille, et je ne pense pas que ce soit une bonne idée.

— Ah bon ? Et pourquoi ? »

La vieille dame se lève, prend une grosse inspiration et quitte la pièce quelques minutes. Elle revient en traînant les pieds. Elle semble porter toute la douleur du monde sur ses épaules. Elle ouvre une boîte à chaussures sous mon nez :

« Ma fille a quitté la maison à l'âge de dix-neuf ans, je ne l'ai que très peu revue par la suite. Il y a trois ans, j'ai reçu un faire-part de naissance m'annonçant que j'étais de nouveau grand-mère d'un petit Léopold. »

En lisant le faire-part de naissance, les réticences de la grand-mère s'éclaircissent :

Il nous a fallu de longs mois d'amour et de patience pour concevoir de façon peu ordinaire notre famille. Ce 14 mars 2013 à 13 h 50, du haut de ses 49 centimètres, et de ses 3 kilos 500, notre petit Lutin Léopold a réalisé notre vœu le plus cher. Juste en dessous du texte, la photographie d'un bébé bien proportionné, dans les bras de deux jolies jeunes femmes débordant de bonheur. Dans la boîte s'entassent photos, lettres, et cartes. On peut y retrouver les premiers pas de Léopold, son baptême, ses fêtes d'anniversaire en famille, ses vacances, sa première rentrée scolaire. Mais on n'y trouve aucune photographie avec ses cousins, ou sa grand-mère. C'est comme s'ils n'avaient jamais existé. J'ai peine à croire qu'il s'agit de la même famille. D'un côté, on a la sensation d'une famille avec une vie équilibrée, saine. De l'autre, tout semble triste et gris. Léopold paraît être un petit garçon espiègle et rêveur, à l'extrême opposé de ses cousins qui ressemblent à des animaux traqués. Les photographies sont accompagnées de lettres qui décrivent la vie heureuse du garçon, et les frayeurs qu'il peut faire à ses mamans attentionnées : les maladies infantiles telles que la varicelle, sa façon d'explorer le monde qui finit en cascade. Toutes les lettres sont signées par Marie Anne. Les cartes d'anniversaire, de fête des grands-mères, de Noël, de la nouvelle année sont signées : « Léo qui t'aime. » Une façon de montrer que la vieille dame fait partie de sa vie. *Il y en a au moins une qui s'en est bien sortie.*

— Visiblement, vous avez tout de même gardé un lien avec votre fille.

— Marie Anne n'est pas ma fille, mais ma belle-fille. Peu avant la naissance de Léo, elles sont venues me voir toutes les deux. Je suppose qu'elles voulaient le meilleur pour leur fils. Marie Anne trouvait injuste de le priver de sa grand-mère et voulait que je partage sa vie. Ma fille n'était pas d'accord, cependant elle a approuvé l'idée d'un échange épistolaire à sens unique. Au départ, j'ai pris cela pour de la provocation. Elle connaissait la situation de son frère et elle nous exposait son bonheur sans nous y inviter. Mais elle ne m'a jamais écrit une seule lettre, les mots de ma belle-fille ont fini par me toucher. N'est-il pas mignon ce petit blondinet ?

Attendrie par la photo qu'elle vient de me tendre, j'acquiesce d'un sourire.

— Madame, cette famille me semble tout à fait équilibrée, vous pensez que ce n'est pas une bonne idée parce que votre fille est… euh….

— Lesbienne ? Bien sûr que non. L'homosexualité de ma fille ne me pose aucun problème. Elle fait ce que je n'ai jamais su faire, elle protège sa famille.

— Je ne vois pas où vous voulez en venir.

— Vous m'avez l'air très sympathique, mais je connais les services sociaux. Pour les six enfants qu'il y a dans mon salon, vous avez attendu qu'un drame se produise pour bouger. Mais pour cet enfant, vous allez vous poser la question de savoir si un enfant de trois ans a une vie saine sans repère paternel. C'est normal que ma fille ait tiré un trait sur nous, regardez-nous ! Si vous débarquez chez elle, vous allez saccager sa vie. Alors que contrairement à ceux-là, Léopold ne vit que dans la sécurité.

Les clichés ont la vie dure, je comprends son hostilité.

— Pourquoi faites-vous une telle comparaison entre la vie de votre fille et celle de votre fils ? Que voulez-vous dire quand vous dites que nous avons attendu un drame pour bouger ?

La vieille dame baisse ses yeux, et un long silence se fait entendre. Elle n'est pas prête à tout me dire. J'essaye une dernière petite action :

— Je vous assure que si je vais voir votre fille cela ne sera que dans l'intérêt des enfants, de vos sept petits-enfants. Ne pensez-vous pas qu'ils méritent tous la même vie que ce petit bonhomme ? lui dis-je en lui tendant la même photo, celle où l'on voit le petit garçon assis sur une balançoire, rayonnant de bonheur.

Mon chef de service ne va pas apprécier. Mais je suis bien décidée à prendre quelques jours de déplacements pour partir sur le champ en Charente maritime rencontrer la tante des enfants. J'obtiens que la grand-mère garde les enfants en attendant la décision du juge, et de sa fille. J'insiste. Si on place les enfants maintenant dans un foyer, ce sera une longue bataille pour qu'ils soient de nouveau réunis, et qu'ils ne le seraient peut-être même jamais. Avant de partir, je pose une dernière question.

« Par curiosité personnelle, vous savez pourquoi Thomas ne porte pas le même genre de prénom que ses frères ?

— Mon fils n'est pas son géniteur. Quand le petit est arrivé dans la famille, il avait déjà quelques mois. Ma belle-fille était très croyante, elle aurait aimé pouvoir baptiser chacun de ses enfants, mais mon fils s'y est opposé. C'est lui qui a décidé des prénoms de chacun des enfants qui sont nés après.

— Aviez-vous connaissance des difficultés que traversait votre belle fille ?

— J'ai fait ce que j'ai pu pour l'aider. Elle refusait de porter plainte, ou de quitter mon fils. Une fois, elle a essayé, ça a été terrible pour elle. Un de mes plus grands regrets est de ne pas l'avoir soutenue à l'époque. Elle ne m'a plus fait confiance par la suite. Il y a quelques jours, j'ai remarqué les bleus sur la peau de Thomas. Je l'ai convaincue d'en parler, je l'ai moi-même déposée devant la porte d'une association d'aide aux victimes. »

Il faut parfois du temps pour délier les langues, surtout quand la culpabilité est si présente. Je n'insisterai pas plus aujourd'hui, la situation est suffisamment difficile. Avant de prendre congé, je salue les enfants. Les petits sont recroquevillés les uns contre les autres, mon cœur se sert.

Assise dans le véhicule, j'appelle Franck, un ami avocat en droit de la famille.

« Salut Franck, c'est moi Lisa.

— Mon Dieu j'ai peur ! Dois-je encore trouver un moyen de contourner la loi ?

— Contourner… non… comment dire… aider à ce qu'elle soit mieux appliquée.

— Il est midi, on peut se retrouver sur la place pour manger un morceau et en discuter.

— Impossible, je pars pour Royan dans quelques minutes.

Je l'entends souffler.

— Vas-y, je t'écoute.

— J'ai une solution de placement pour une fratrie de six enfants, il faudrait que le juge m'accorde quelques jours.

— Où sont les enfants ?

— Chez leur grand-mère.

— Je ne vois pas trop ce que je peux faire pour toi.

— Elle paraît assez âgée, je doute que son cœur tienne une année de plus, surtout avec ce qui lui arrive. Écoute… le père est en garde à vue. J'ai un dossier de vingt pages des tortures qu'il faisait subir à sa femme, et il a fini par maltraiter un de ses gamins. Je pars enquêter pour voir si la sœur tient la route.

— Enquêter ! Tu me fais rire ! Tu as raté ta vocation dans la police judiciaire. Et la sœur accepte de tous les prendre ?

— Je ne sais pas encore… Il faudrait que je descende en Charente maritime la rencontrer, en attendant, les enfants resteraient chez leur grand-mère.

— Je résume… je dois demander aux juges des affaires familiales un placement provisoire pour six enfants chez une dame qui va bientôt claquer. C'est bien ça ?

— Et tu ne sais pas tout.

— Quoi encore ?

— La sœur est en couple avec une femme.

— Va te faire voir !

— Oh s'il te plaît.

— Je te rappelle plus tard. »

Je rêve où il m'a raccroché au nez.

Par chance, dans le hall du tribunal, madame la juge est passée pile au moment où nous étions en ligne. Franck a saisi l'opportunité pour lui parler de mon affaire. La juge connaît ma réputation d'emmerdeuse. Elle sait que je ne lâcherai pas. Cette fois, elle approuve ma démarche, elle sait combien il est rare de trouver un placement. Au mieux, on pourrait en placer trois des gamins d'un côté, et trois de l'autre, sans certitude. Franck a vendu le dossier en insistant sur le fait qu'il représente la tante, et qu'elle veut garder les enfants de son frère. Il n'a pas mentionné le petit détail qui aurait risqué un refus d'office.

« Si la grand-mère se sent capable, je fixe l'audience dans une semaine. La tante a intérêt d'avoir un dossier en béton. Je ne laisserai pas les enfants partir chez n'importe qui », conclut-elle avec autorité.

De mon côté, avec conviction, je suis retournée au bureau afin de négocier avec mon chef. Je monte précipitamment l'escalier qui mène à la direction comme si ma vie en dépendait. Je frappe à la porte. Je rassemble mes forces. Je sais que ce ne sera pas facile. Et j'entre. Occupé derrière son ordinateur, ce petit homme en costume cravate m'accueille en souriant :

« Lisa ! Comment se passe ta journée de reprise ?

— Je vais plutôt bien, merci.

— Un souci ?

— Le dossier Carpentier, j'ai amené les enfants chez leur grand-mère.

— Bien. Tu veux un café ?

— Non merci. Il y a une maltraitance avérée pour l'un des enfants, une enquête va probablement être engagée concernant le père. Bien que madame soit de bonne volonté, je doute que le juge lui laisse les six enfants. Monsieur a une sœur, nous pourrions essayer de ce côté.

— Je vois… Nous allons le mettre à l'ordre du jour de notre prochaine réunion d'équipe.

— C'est dans quinze jours !

— Oui et ?

— Il sera trop tard… C'est maintenant qu'il faut monter un dossier solide à présenter au juge.

— Tu penses que j'ai une baguette magique cachée dans un de mes tiroirs ?

— Non, mais si vous alliez un petit peu plus sur le terrain…

— Lisa ! Je suis ton chef, ne l'oublie pas ! Écoute, ça n'a pas été facile pour toi ces derniers mois, et je le comprends. Nous t'avions proposé de reprendre par un mi-temps thérapeutique, mais tu as refusé.

— Je ne travaille pas à moitié.

— Justement… Tu agis avec émotions. »

Ma poche se met à vibrer, c'est un texto de Franck : « L'audience est fixée à la semaine prochaine. Tu as intérêt à avoir un dossier en béton, elle ne te lâchera pas. »

Satisfaite, et oubliant presque la présence de mon chef, je lui réponds aussitôt.

« Super ! Je te revaudrai ça. »

« Je sais comment… Tu diras à la tante de me contacter rapidement, il nous faudra préparer l'audience. »

« Croisons les doigts pour qu'elle soit d'accord. »

« Pour la juge, elle l'est. Fais ton boulot et je fais le mien ! »

D'un mouvement brusque, mon chef m'interrompt :

« Si je te dérange, dis-le-moi, je sortirai de mon bureau.

— Oh pardon… euh… c'était Franck, la juge accepte de me donner une semaine pour recueillir les informations sur la tante des petits.

Il a l'air dépité.

— Si la juge est de ton côté… alors…

— Non, elle est du côté des enfants. Je n'ai rien à gagner dans cette histoire.

— Tu prends tes dossiers ! Je veux un rapport tous les jours ! Tu rentres la veille de l'audience. Concernant les enfants, je mets en place une cellule psychologique avec notre psychologue. Annie accompagnera la grand-mère pour s'occuper d'eux. On pourrait aussi accorder une aide financière, mais le temps qu'elle se débloque… Le plus judicieux est de contacter des associations. Pour tes frais, ne t'attends pas à ce qu'ils te soient totalement remboursés. »

Sur le champ, je réserve une chambre au Bed and breakfast de la Palmyre pour la nuit, dans l'espoir de trouver une solution moins chère sur place. Je ne perds pas une minute, j'ai l'adrénaline d'une super héroïne. Je rejoins mon appartement en marche rapide et je regrette presque de ne pas avoir été bossé en voiture. Mais je suis fière de moi. Pour une nana de cinquante ans qui sort de chimio, j'ai plutôt la forme. Je prépare rapidement une valise avec le strict nécessaire. Je sors ma Clio du garage, je programme l'adresse dans le GPS, et je m'engage sur l'autoroute en direction de la Charente maritime. Je ne sais pas pourquoi je le fais, mais j'y vais. Peut-être est-ce une façon de me prouver que je suis bien vivante. Le pied bloqué sur l'accélérateur, je prends la sortie en direction d'Orléans, lorsqu'un flash aveuglant me renvoie au regard terrifié des enfants.

En début de soirée, j'arrive à bout de cette longue route. Je me gare sur le parking de l'hôtel. Je laisse tomber ma tête sur le volant, je respire. Je descends difficilement de la voiture, j'avance jusqu'à l'hôtel en traînant les pieds. Je réceptionne la clé, et me dirige ensuite vers ma chambre, ma vision se trouble. Je pose ma valise, et m'allonge sur le grand lit. Les bras écartés, les yeux rivés vers le plafond, je suis vidée de toute énergie. Ce dossier est différent des autres, il me renvoie inconsciemment à de vieilles blessures. Le genre de blessures qui continuent de faire mal, même quand elles sont refermées. D'humeur mélancolique, je n'ai finalement plus envie de rester à l'hôtel. Mais il se fait tard pour débarquer chez la tante des enfants. D'ailleurs, je ne sais même pas, s'il vaut mieux annoncer ma venue et prendre un rendez-vous, au risque d'un refus de me rencontrer, ou arriver sans prévenir, me présenter et qu'elle me claque la porte au nez. Après une bonne douche, je décide d'aller dîner sur le front de mer, dans une brasserie « attrape touristes ». Je finis ma soirée par une promenade sur la plage. L'air est doux, le vent frais balaye doucement mes courts cheveux. À bout de forces, je décide de rentrer à l'hôtel.

Par habitude, j'allume mon ordinateur. Un message d'Annie, l'éducatrice spécialisée qui est chargée d'accompagner la grand-mère s'affiche immédiatement sur l'écran.

« De : anniepe@gmail.com
À : lisape@gmail.com
Le huit août
Bonsoir Lisa,
Voici mon rapport :

J'ai contacté diverses associations. J'ai pu récolter des matelas, des oreillers et des couvertures. Les Restos du Cœur et le Secours populaire ont fourni nourritures et vêtements pour les enfants. La maison étant sous scellé le temps de l'enquête, les enfants n'ont plus rien. Je suis allée faire quelques courses pour qu'ils puissent avoir du nécessaire de toilette. La grand-mère semble dépassée, mais pleine de bonnes volontés. Je l'ai aidée pour le bain, et les repas. Hormis Bryan et Kelly, les autres ne parlent pas et sursautent au moindre petit bruit. Le passage au bain était une douloureuse épreuve. Brandon était tétanisé, Steeve a fait pipi sur lui. Bryan et Dylan ont éclaté en sanglots et Kelly s'est sauvée. Sans l'aide de Thomas, je n'y serais pas arrivée.

Demain, je les amènerai chez la psychologue de la Protection de l'Enfance, aurais-tu le rapport du pédiatre qui les a vus à l'hôpital ?

J'espère que ton voyage s'est bien passé, à demain pour le prochain rapport. Bonne soirée.

Annie »

Quelle imbécile ! Dans la précipitation, j'ai embarqué le rapport de l'hôpital. Je le sors de mon sac, et j'imagine les mauvais traitements qu'ont pu subir les enfants. J'imagine les punitions pour les faire obéir, les insultes, les claques, les douches glacées pour les discipliner. Le sourire en coin du père, et son regard triomphant « c'est moi le chef ! » nous sommes trop nombreux à l'avoir connu. Je réponds aussitôt à Annie, je lui propose d'envoyer une photo du rapport sur son téléphone portable. Je relis mes notes, j'arrache un bout de feuille et griffonne un début de génogramme pour garder une visibilité de la famille. Je le compléterai au fur et à mesure de l'enquête.

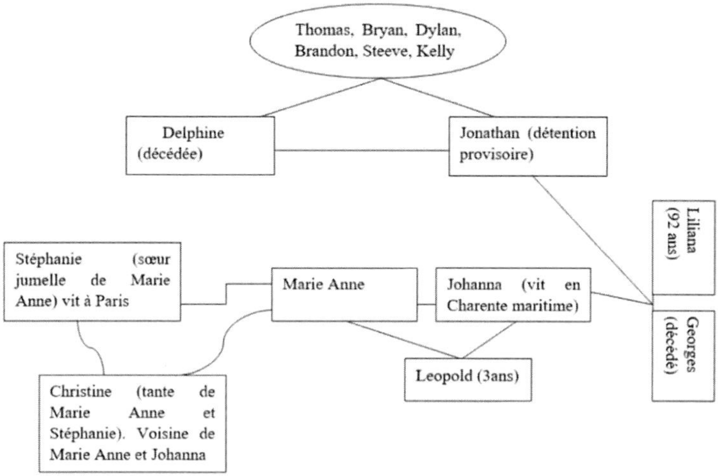

La nuit est bien entamée, je décide de me coucher, épuisée des émotions contraires que m'a procurées cette première journée de reprise.

Le lendemain matin, après une nuit difficile, c'est la sonnerie du téléphone qui me réveille. Je jette un œil sur l'écran et décroche :

« Franck ?

— Salut Lisa, comment vas-tu ? Sa voix est douce et chaleureuse.

— Bordel, il est six heures, comment peux-tu être de si bonne humeur ?

— Oups, je n'avais pas vu l'heure… Sacré décalage horaire.

— C'est ça, fous-toi de ma gueule… Bon que me vaut cet appel matinal ?

— Tu as des nouvelles de la tante ?

— Je viens d'arriver ! Je n'allais pas débarquer à vingt et une heures.

— Je plaisante… Je voulais te prévenir de la situation. Le père des enfants est en expertise à l'hôpital de Cambrai, il a essayé de se suicider.

— Lui aussi ? lui dis-je avec surprise.

— Sûrement une tactique pour le rendre irresponsable, et lui éviter la prison. D'autant qu'il a déjà fait quelques séjours en psychiatrie par le passé.

— Sa mère ne m'en a pas parlé.

— Tu vas voir la tante aujourd'hui ?

— Non, j'attends quelques jours, je voudrais d'abord profiter de mes vacances (dis-je d'un ton sarcastique). Je l'entends rire.

— Je vais devoir raccrocher, n'oublie pas de dire à la tante de me contacter au plus vite. Cette affaire semble plus complexe que prévu. Je pourrais peut-être prendre quelques jours et te rejoindre.

— Cela ne sera pas nécessaire, mais tu pourrais aller voir les enfants et leur grand-mère pour préparer le terrain.

— Pas de problème, j'y avais pensé.

— Contacte Annie à la Protection de l'Enfance, elle est chargée de soutien.

— OK, bon j'y vais.

— À bientôt… Et merci Frank.

Juste avant de raccrocher :

— Lisa ?

— Oui ?

— Tu vas bien ?

— T'inquiète depuis que mes cheveux ont repoussé je suis en pleine forme. Bonne journée Franck.

— Prends soin de toi. »

Je raccroche, et les souvenirs de notre rencontre remontent à la surface. J'ai rencontré Franck il y a quelques années. J'étais mariée, lui était célibataire. Nous étions invités chez des amis de mon mari. Je me sentais terriblement seule, enfin je crois que je me suis toujours sentie seule, sauf avec Franck. Lors de ce repas, nous avons tout de suite accroché. Il était sympa, réservé, drôle. Il avait quelque chose de pétillant dans le regard. Il était tout le contraire de mon mari. Les cheveux châtain foncé en bataille, il portait une chemise froissée, un jean et une paire de baskets. Nous nous sommes souvent revus par la suite, mon mari et lui travaillaient sur les mêmes affaires. Nous nous tenions compagnie lors d'interminables dîners d'avocats. J'aurais pu me faire des amies parmi les épouses et conjointes, mais aucune de ces poupées superficielles ne m'intéressait. Petit à petit, j'ai commencé à tomber amoureuse, et je voyais bien que ce sentiment était réciproque. Notre complicité était visible aux yeux de tous nos amis. Le seul à ne rien voir était bien sûr mon mari. Il était tellement centré sur lui-même et ses réussites qu'il n'a pas vu que sa femme lui échappait. Il n'y a eu qu'un seul baiser, long et savoureux, le plus beau de toute ma vie. Lors d'une interminable soirée, j'étais d'humeur maussade. Plus tôt dans la journée j'étais intervenue sur le placement d'un bébé de trois mois. Il était hospitalisé en pédiatrie à l'hôpital de Cambrai, ses jours étaient en danger. L'enfant dénutri portait des traces de coups, de brûlures de cigarettes, ses ongles avaient été arrachés. Après être passés en comparution immédiate, ses parents ont été placés en détention provisoire dans l'attente du procès. Ils ont tous deux conservé l'autorité parentale, mais n'avaient plus le droit d'approcher le petit. Franck nous avait représentés lors de l'audience. Ce soir-là, j'étais seule, je survolais la ville endormie au travers d'une des grandes fenêtres de l'immense appartement du collègue de mon mari. L'avocat est arrivé, deux coupes à la main, il m'en a tendu une :

« Comment te sens-tu Lisa ?

Je plongeai mes yeux dans les siens, j'ai eu une soudaine envie qu'il me prenne dans ses bras.

— Je ne vais pas trop mal, merci Franck.

— Tu penses à cet enfant ?

— Évitons d'en parler ici, je ne veux pas attirer les regards en me mettant à pleurer.

— Alors sortons… »

Sans savoir pourquoi, je l'ai suivi. Personne n'a remarqué que nous prenions nos manteaux, ni même notre absence par la suite. Nous avons marché dans les rues désertes, c'était l'hiver, j'avais très froid, vêtue de ma robe de cocktail, et de magnifiques petits escarpins. Les bars proches de la place n'étaient pas encore fermés, nous en avons choisi un au hasard. Nous sommes entrés pour nous réchauffer. Je me suis mise à parler, un peu trop peut-être. Il m'écoutait avec une attention particulière, avec lui je pouvais casser cette carapace de « bonne professionnelle », je pouvais être moi-même. Ça me faisait du bien de lâcher prise. Je lui ai confié l'envie d'arrêter ce métier. Il m'a redonné du courage, avec un regard accueillant. Il disait exactement les mots que je désirais entendre. Nous avons repris notre marche jusqu'à l'appartement pour rejoindre les autres. Dans l'ascenseur, il m'a pris par la taille et ses lèvres ont touché les miennes. Mes jambes se sont mises à trembler, alors que tout le reste de mon corps se chauffait. À l'ouverture de la porte de l'ascenseur, nous nous sommes séparés. Nous avons échangé un long regard. La réalité m'a rattrapée. J'ai rejoint mon mari, et j'ai insisté pour que nous rentrions au plus vite. Il a bien évidemment refusé, encore une fois je suis rentrée seule. Face aux mondanités, je ne faisais pas le poids. J'ai passé la nuit à penser à ses lèvres. Les jours qui ont suivi, il a essayé de me revoir plusieurs fois, mais je n'étais pas prête à tout quitter. La sécurité financière m'obsédait, avec mon mari je n'en manquais pas. Il n'était pas seulement un simple avocat, il était aussi issu d'une grande famille. Je me méfiais de mes sentiments, je ne me voyais pas tout basculer pour une amourette. Nous avons donc continué comme ça, à rêver l'un de l'autre, à nous jeter des regards intenses, mais réchauffants, des sourires qui en disent long. Un soir, il nous a ramené une femme. Elle n'avait rien à voir avec les poupées des autres avocats. Elle était distinguée. Exactement le genre de femme qu'il méritait. Intérieurement, j'étais effondrée, et en colère contre moi. Pourquoi étais-je restée avec un homme qui ne me regardait qu'à peine ? J'ai été froide, et distante avec cette femme, une façon de me protéger. Par la suite, ça devenait difficile de me retrouver dans la même pièce que le couple. Si les autres avaient compris notre petit jeu, elle ne mettrait pas longtemps à s'en rendre compte, et Franck aussi avait le droit au bonheur. Les regards, et les sourires ont disparu. Je brûlais de jalousie quand il l'embrassait, ou la tenait par la taille. Je n'arrivais même plus à lui adresser la parole sans trouver quelque chose de désagréable à lui envoyer. J'ai fini par ne plus accompagner mon mari, je me suis plongée dans le boulot de manière intensive. Je prenais comme excuse cette surcharge de travail pour rester à la maison. Puis mon mari a demandé le divorce, ç'a été rapide, il m'a laissé pas mal de choses dont la maison. Il ne s'est pas posé de questions, il voulait que ça se fasse vite. Sa maîtresse était enceinte, elle lui offrait le plus beau des cadeaux : un enfant. Ce n'était pas faute d'avoir essayé, mais l'endométriose m'en a empêché. Comme-ci ce n'était pas suffisant de devoir supporter les douleurs, et les hémorragies. Il fallait qu'elle me prive de mon désir le plus cher. Je me suis alors concentrée sur les enfants des autres, essayant de sauver ceux qui souffraient. Je trouvais la vie affreusement cruelle. Il était parfois difficile de faire face à des mères abandonniques ou maltraitantes, alors que j'aurais aimé pouvoir serrer un mini moi contre mon cœur. Bizarrement, la nouvelle de mon divorce ne m'a pas dévastée. J'en ai même ressenti un profond soulagement. Franck m'a soutenue, il était le seul ami à être resté près de moi. J'aurais pu en profiter, et essayer de le récupérer. Puisque je n'ai jamais douté de son amour pour moi. Mais sa petite amie s'est révélée être une personne formidable, il était forcément plus heureux avec elle qu'il l'aurait été avec moi et mes angoisses. Je n'ai donc rien fait. J'ai même très bien simulé mon bonheur quand ils m'ont annoncé leur mariage. Alors que j'en ai pleuré des jours entiers, pensant que je n'allais jamais m'en remettre.

Un sursaut me sort de mes pensées. Je reprends rapidement mes esprits. Il est tôt pour me rendre chez la tante des enfants. Je préfère attendre dix heures. Depuis toute jeune, j'ai la conviction que dix et quinze heures sont les horaires appropriés pour déranger les personnes. À chaque visite dans une famille, je suis stressée, je ne sais jamais l'accueil que je vais recevoir. En général, les gens n'aiment pas trop voir des assistantes sociales débarquer dans leur vie. À l'heure convenue, je gare ma voiture en bas de l'allée, pour la remonter à pied. Elle est si étroite que j'ai trop peur de ne pas réussir à la redescendre en voiture. Devant le portail, je compte jusqu'à trois, et je sonne. Je reconnais tout de suite, la jolie blonde aux yeux bleus, je décide donc de me présenter.

« Bonjour, je suis Lisa Bernos de la protection de l'enfance.

Les beaux yeux bleus de Marie Anne s'assombrissent. Son sourire accueillant s'efface. Et sa voix tremblante laisse présager qu'elle panique.

— Qu'est-ce que ma mère a encore raconté ? Ce n'est pas possible, elle ne nous foutra jamais la paix.

— Est-ce que je peux entrer ?

— Vous avez un papier du juge ? Un représentant de la loi est-il avec vous ? Donc non, vous ne pouvez pas entrer.

J'insiste en jouant cartes sur table.

— Il ne s'agit pas de vous, ni de votre mère, mais de votre belle famille, des neveux de votre compagne, s'il vous plaît… »

Un très mauvais pressentiment s'empare d'elle. Elle hésite. Elle ouvre finalement la porte d'entrée. J'entre directement dans la grande pièce de vie. À droite, une cuisine américaine, qui donne sûrement sur un petit cellier et le garage. À gauche, un salon cosy, avec une cheminée. On devine que les autres pièces de la maison se trouvent au bout de l'escalier en colimaçon. La maison est décorée simplement, mais avec goût, il y a des photos du petit Léopold dans des cadres accrochés sur le mur, des dessins du petit garçon sur le frigo américain, des jouets qui traînent sur le sol. Marie Anne a été interrompue dans son repassage. Cela ne fait aucun doute, il y a de la vie et de la sérénité ici. Elle me propose de m'installer dans le salon, et nous sert un café.

— Johanna est allée faire une promenade avec notre petit garçon, ils seront bientôt de retour.

Face à son inquiétude, je n'attends pas le retour de son amie, je commence à lui expliquer la situation. Cette jeune femme m'inspire confiance. Ses yeux s'embrumèrent de larmes, elle met sa main devant sa bouche.

« Oh mon Dieu !

Mais elle se reprend très vite.

— Excusez-moi…

— Je vous en prie… *Ne sachant pas quoi lui répondre. »*

Elle s'empresse de prendre son portable et compose un numéro.

— Christine, peux-tu venir s'il te plaît ?

Dans la seconde, une grande dame dynamique d'environ soixante-dix ans aux cheveux grisonnants débarque.

— Que se passe-t-il ma petite chérie ?

Voyant la détresse de Marie Anne, j'interviens :

« Bonjour, madame, Lisa Bernos de la protection de l'enfance.

La grande dame part dans une colère noire.

— Qu'est-ce que l'autre barjot vous a raconté ? Je savais bien que ça arriverait un jour, mais vous n'allez pas toucher à cette famille, non, non les lois ont évolué, et les mœurs aussi. Le moyen âge, c'est terminé. Vous allez laisser mon petit Léo tranquille, j'appelle un ami qui est avocat, il vous dira que vous n'avez rien à faire là. D'autant plus que je ne vois aucun représentant des forces de l'ordre. Foutez-moi le camp !

Eh bien ! Ça en est de la défensive !

— Christine, s'il te plaît, laisse-nous t'expliquer, ce n'est pas, ma mère. C'est Delphine, elle s'est suicidée.

Elle se laisse tomber sur le canapé, et enfonce sa tête entre ses mains.

— Ce salopard aura réussi.

J'interviens :

— Que voulez-vous dire ?

— Elle était battue depuis des années, il a failli la tuer à plusieurs reprises. C'était prévisible. Me lance Christine avec dureté.

— On a fait ce qu'on a pu pour les sauver, elle et les enfants. Peut-être pas assez…

— Non, Marie Anne, vous ne pouviez plus continuer à vous mettre en danger. Elle a fait son choix, vous êtes même les seules à ne pas les avoir abandonnés.

— Si, nous les avons abandonnés à notre façon, et maintenant nous en sommes là. »

D'un coup, la porte d'entrée s'ouvre, et se referme derrière une belle jeune femme aux yeux verts légèrement en amandes et des cheveux courts noir ébène. Je ne peux m'empêcher de penser qu'elles font vraiment un beau couple. Elle est accompagnée d'un petit blond aux yeux bleus, malicieux et joyeux. Il tient quelque chose de caché derrière son dos. Marie Anne se reprend avec une rapidité étonnante, comme seules les mères savent faire.

« Maman, j'ai un cadeau pour toi.

— Hummm… Laisse-moi deviner… Des chocolats ?

— Non, dit-il avec ses grands yeux rieurs.

— Un bijou ?

— Perdu, dit-il en riant.

— Des fleurs ?

— Gagné ! »

Il lui offre les marguerites qu'il a cueillies dans le jardin. En échange, elle lui fait un énorme câlin tandis que son autre mère interroge Christine des yeux sur ma présence.

— Léo, que dirais-tu d'aller un petit peu chez mamie Christine ? Elle a plein de fleurs dans son jardin. À ton retour, on mettra toutes tes fleurs dans un beau vase.

Le petit embrasse ses mamans tendrement. Il me dit au revoir timidement et part avec sa mamie de cœur. Pendant que Johanna les raccompagne, pour détendre l'atmosphère, je pense judicieux de complimenter le petit.

« Léopold est un petit garçon bien éveillé, et qu'est-ce qu'il semble dégourdi. Vous avez…

Johanna m'interrompt :

— Oui, nous avons un petit garçon formidable, vous êtes ? »

Je n'ai plus vraiment la force de me présenter, Johanna me semble être plus forte de caractère que les autres, et vu comment s'étaient passées les précédentes présentations, je n'aurais pas fini ma première phrase, qu'elle m'aura jetée à la porte. Je cherche par quel bout attaquer, quand sa compagne vient me sauver.

« Assieds-toi Jo (Johanna s'assied à côté de sa femme qui lui prend la main, et la regarde avec amour). Il s'est passé un drame…

— Mon frère ? Je ne veux rien savoir, je n'ai plus rien à voir avec cette famille.

— Madame, je comprends votre réaction, mais il ne s'agit pas que de votre frère, mais de vos neveux.

— Oui, je connais la chanson, mon frère, la femme de mon frère, les enfants de mon frère. Bien sûr, eh bien, il y a aussi mon fils, ma femme et moi.

— Votre belle-sœur s'est suicidée, votre frère est en garde à vue, au vu des dossiers, il est fort probable que les enfants soient représentés par un avocat. Il sera alors placé en détention. Les enfants sont chez votre mère temporairement. »

La dureté de Johanna éclate, et laisse échapper des sanglots, elle est effondrée. Sa femme la prend dans ses bras, lui murmure quelque chose d'à peine audible. La brune sèche ses larmes, et reprend du courage.

« Je vous l'ai dit, nous avons tiré un trait sur cette famille. Je ne vois pas trop ce que nous pourrions faire.

— Votre mère a des problèmes de santé, et au vu de son âge, elle ne pourra pas garder les enfants. Ils sont chez elle jusque lundi prochain. Après, ils seront placés dans des foyers, séparément.

— Et ?

— Vous semblez être un joli couple, et votre fils est épanoui.

— Je voudrais qu'il le reste, il est hors de question d'accueillir ces enfants chez moi.

— Mais… il s'agit des enfants de votre frère.

— Vous savez ce que j'ai enduré moi, pour les enfants de mon frère ? Elle ne vous l'a pas dit ma mère avant de vous envoyer ici pour que je les récupère ?

— Ce n'est pas votre mère qui m'envoie, elle trouvait même que ce n'était pas une bonne idée, elle s'inquiétait pour votre famille.

— Ma mère ne s'est jamais inquiétée pour ma famille, mais si elle ne vous envoie pas, que faites-vous là ?

— J'essaye de sauver ces enfants.

— C'est trop tard, il fallait réagir avant, ils sont perdus.

— Mais vous auriez tellement à leur apporter.

— Vous plaisantez ? Quand nous avons fait une demande d'adoption, nous n'étions pas assez bien, pas assez modèles pour l'équilibre d'un enfant. Pour des enfants dont personne ne veut, les lesbiennes feront l'affaire. Maintenant sortez de chez moi, et dites à ma mère que je suis désolée, mais je ne peux rien faire pour les enfants de mon frère. Mon fils a besoin de moi. Je suis une mère, moi, je protège ma famille.

— Je comprends votre colère, et votre inquiétude. Je ne vais pas insister plus longtemps. Je suis au B & B jusque dimanche. La juge décidera du sort des enfants lundi matin. Je vous laisse ma carte, et le numéro de l'avocat prêt à vous représenter. Si vous changez d'avis, contactez l'un de nous.

— Où êtes-vous garée ? me demande Marie Anne.

— Dans la rue, en bas de votre allée.

— Je vais vous raccompagner… Jo, ma chérie, ça va aller ? Ou tu préfères que je reste avec toi ? »

La colère de Johanna semble s'apaiser légèrement, elle vient me serrer la main.

« Bonne journée, madame Bernos… Puis se dirige vers sa compagne : pourrais-tu récupérer Léo à ton retour ?

La grande blonde lui sourit, il y a une alchimie entre les deux, c'est déroutant. J'en suis presque jalouse. C'est le genre de sentiment que j'aurais pu vivre avec Franck, si tout avait été différent.

— Bien sûr, ma chérie. »

Elles s'embrassent, Johanna me salue de la tête et la porte se referme derrière nous.

Pendant que nous marchons, Marie Anne engage la conversation.

« Ne jugez pas ma compagne, elle a beaucoup souffert.

— Je ne suis pas ici pour la juger, je veux juste trouver une solution pour les enfants. J'ai besoin de comprendre quelle sorte de père est votre beau-frère. Imaginez qu'il récupère la garde ? Cette éventualité pourrait être pire que le placement dans un foyer.

— Il ne faut surtout pas que ces enfants retournent auprès de leur père ! Je suis sérieuse, c'est un homme cruel !

— Pourtant c'est ce qu'il risque d'arriver s'il n'est pas jugé responsable du décès de vote belle-sœur.

— Johanna a un foutu caractère, mais elle ne laisserait pas ses neveux dans la détresse. Laissez-lui quelques jours, le temps de cogiter. Si vous avez besoin d'informations, je serai également disposée à vous en donner.

La voix de Marie Anne est d'une telle douceur que sa sérénité est presque contagieuse.

— Il me faudra le plus d'éléments possible, votre témoignage, celui de votre compagne, et de Christine… Pourquoi pas vos parents…

— Non ! Mes parents vous oubliez, je vous apporterai mon soutien, tante Christine également, Johanna le fera quand elle se sentira prête. »

Johanna « Jo »

Elle savait qu'on se remet de tout. Un peu de traviole, mais on repart.

Virginie Despentes

« Eh bien… de toute façon, je n'ai pas le choix… Allons-y, Madame Bernos…

— Johanna, il ne s'agit pas d'entrer dans votre intimité.

— Un petit peu quand même… Bon… que voulez-vous savoir ?

— Tout ! Il faut tout me dire.

— Sans entrer dans mon intimité ? Ouais… la blague… Johanna, un mètre soixante pour quarante-cinq kilos, cheveux courts, bruns, les yeux verts. J'écris des contes pour enfants sous un pseudonyme, je pense avoir réussi ma vie.

— Je comprends que ce soit difficile pour vous, mais il va falloir creuser. »

Avant mon entretien avec Johanna, je savais que l'échange serait difficile. Elle semble être constamment sur la défensive, parfois même agressive. Nous sommes assises sur des rochers proches de l'estuaire à la limite de Saint-Georges-de-Didonne et Meschers, un endroit isolé entouré d'arbres, avec une vue incroyable. Le soleil rayonnant provoque des reflets colorés sur l'eau, et la douceur des vagues qui dansent, me rappelle que la nature nous offre parfois de merveilleux cadeaux. Elle me parle d'abord de son amour pour la nature, et les animaux. Elle a développé une fascination pour les arbres. Je comprends cette proximité, ce qu'elle peut ressentir à leur contact. Avec eux, tout est sincère. Il n'y a pas de triches, pas de manipulations. Même les catastrophes naturelles ne sont pas calculées. Une heure auparavant, avec la fatigue accumulée j'avais hâte de rentrer dans ma région, retrouver Franck et ma petite vie. Et je me suis sentie apaisée, je me suis surprise en train de me délecter du mélange d'odeurs offert par les arbres, l'eau, et les fleurs. L'air est doux, et pur pour cette période de l'année. Je lance un regard vers Johanna, elle se tortille, joue avec ses ongles, et ses beaux yeux me fuient. Elle sait qu'il est temps de me raconter son histoire. Sa fragilité va prendre le dessus, qu'il sera difficile d'y faire face. À mon grand étonnement, sa carapace se brise facilement. Dès que les mots commencent à sortir, il lui est impossible de les arrêter. Elle a gardé cette souffrance depuis trop longtemps, il faut qu'elle évacue. Nous ne sommes plus dans une question de confiance, elle n'attend rien, ni aide ni compassion. Elle sait se tirer de toutes les situations seule. Et elle se fiche pas mal de savoir si on va la croire ou non, elle ne le fait pas pour elle, elle le fait pour eux…

— J'habite à côté de Royan, une petite ville au sud de la Charente maritime qui a la particularité d'allier la campagne et la mer. La vue est absolument magnifique, je passerais des heures à me ressourcer dans ce cadre idyllique. Même si parfois ce havre de paix me cause une solitude indomptable. Depuis votre dernière visite, et au fur et à mesure que les jours défilent, elle devient presque étouffante. Je repense à la petite fille que j'étais. Je ne devrais pas… J'ai la chance d'avoir une vie confortable, une belle maison avec un grand jardin, et un fils, un super gamin !

Il me fait parfois de belles frayeurs, mais il est adorable. Le soir, je le regarde s'endormir paisiblement dans mes bras, en lui chantant sa chanson, celle que j'ai écrite pour lui. Ma plus belle réussite est d'avoir réussi à lui apporter équilibre, sécurité et sérénité. Il mérite son insouciance, et sa joie de vivre. Mais là, je ne sais plus comment le protéger de mon passé. L'autre jour, j'étais chez le médecin pour des vertiges, quand il a regardé les résultats de ma prise de sang il m'a dit : « Vous êtes carencée de partout. » J'ai eu envie de lui répondre : « Tu n'imagines même pas ! »

Je ne sais pas si je suis une bonne mère, je ne sais même pas ce que ça veut dire être une bonne mère. L'image des bons parents m'a été faussée dès le départ. Je suis l'aînée et ma mère ne devait pas se sentir prête. J'ai forcé le destin, je me suis imposée, je ne lui en veux pas de ne pas m'avoir aimée, elle n'avait rien demandé. Au moment de ma naissance, l'avortement était encore un sujet tabou dans certaines familles, mon père ne l'aurait pas permis. Elle s'est donc faite à l'idée, et a fini par imaginer que le petit gars qui allait naître serait magnifique et robuste. Le premier enfant devait être un garçon, pour qu'il puisse protéger sa fratrie. Savait-elle à quel point mon père pouvait être cruel ? Je ne sais pas. Il y a tant de questions qui sont restées sans réponses, je ne pourrais pas vous en parler. Tout comme, pourquoi je suis née prématurément alors que la grossesse se passait bien ? Le bébé robuste allait être chétif : première déception. À cet instant, j'aurais pu la libérer d'un poids, le poids de ma vie, si j'avais décidé de partir. J'aurais évité de causer tant de souffrances, mais non j'ai décidé de vivre ! J'avais beau avoir un poids plume, j'étais le plus solide des bébés, un vrai roc. Si elle ne peut pas en être fière, elle ne peut pas le nier. J'avais déjà ce truc en moi, cette forme de résilience qui disait à la vie : « Je t'emmerde, je fais ce que je veux. » Tout commence là, à la naissance… Et si ta vie commence mal, tu es mal barré pour la suite. Malgré tout ça, je me suis toujours accrochée, pour vivre et essayer d'être heureuse. Même si je me rends compte qu'en réalité je suis en « survie » depuis ma naissance.

De ce que je sais, je me suis battue seule, puisqu'aussitôt née, on m'a placée en couveuse, et elle a refusé de venir me voir. Deuxième déception : j'étais une fille. On pourrait penser que sa réaction était horrible, mais je la comprends, moi aussi j'ai eu très peur d'avoir une fille. Encore une fois, je ne lui en veux pas, c'est à moi que j'en veux, je n'aurais pas dû m'accrocher comme un boulet.

Les jours, et les semaines ont passé, puisque j'étais viable, il a bien fallu me récupérer et me ramener à la maison. Aujourd'hui de ce que je sais, on ne l'aurait pas laissée repartir avec un bébé. Sa fragilité, et son manque d'envie de s'occuper de moi devaient se voir, ou alors elle était très forte pour le cacher. Elle aurait eu un accompagnement, et on aurait surveillé le bébé, on lui aurait montré comment s'en occuper.

Après c'est le trou noir, j'ai juste eu des brides où mon père m'aurait déboîté quelques membres. J'étais un bébé agité, à quelques mois seulement je le défiais déjà, et j'ai continué… Je ne compte plus le nombre de fois où il a dit qu'il allait me tuer. Je serai moins indulgente avec lui. Il ne m'a pas aimée, parce qu'il s'aimait trop lui-même pour aimer une autre personne. Il avait peur que je lui fasse de l'ombre, d'une certaine manière je lui en ai fait. Il était mon principal rival dans ma quête d'amour auprès de ma mère. Je souffrais d'être incapable de me faire aimer d'elle. Je ne souffre plus, quelques années de psychanalyse, et je suis passée à autre chose. Lui, il n'était rien, insignifiant, le voir de cette façon était une forme de protection, ça m'aurait achevée de l'aimer.

On m'a dit que j'ai tout fait tôt : marcher, parler, être propre. Comme si après avoir défié la vie, il fallait que je remette en question toutes les études faites sur les prématurés. Ma devise aurait pu être : *Toujours avoir une longueur d'avance.* Je n'avais pas eu la patience d'attendre d'être complètement formée pour sortir du ventre de ma mère, je n'allais pas m'arrêter en chemin. J'ai donc pris les coups très tôt, parce que les enfants comme moi, il faut les mater, sinon ça devient de la vermine. J'étais trop tout : trop bruyante, trop bête, trop casse-cou… Ça aussi c'est une de mes particularités que j'aime le moins, je suis souvent dans l'excès. Ma psy m'a très souvent dit que je comble le vide laissé par le manque d'amour. Bref… j'étais intrépide, et insolente. J'étais un vaillant petit soldat en guerre contre un rival puissant ! Et surtout, je cherchais le Graal : l'amour de ma mère. Souvent, je me mettais en haut de l'escalier, et j'écoutais prête à bondir telle une lionne sur sa proie. J'avais la peur au ventre, mais ça en valait la peine. Quand il commençait à insulter maman, je sautais d'un bon, avec ma rage comme rugissement. Mais il était trop fort, ses techniques de combats étaient trop puissantes. Même si les miennes s'amélioraient de jour en jour, ce n'était jamais suffisant. Je ne sentais pas ma rage. Il ne sentait pas sa force. Je devais être tout de même redoutable pour envoyer une fillette de cinq ans s'exploser dans un mur, une guerrière de huit ans assommer par les coups de balai, une rebelle de douze ans crouler sous les poings. Je ne lui en voulais pas de me frapper, de me faire de m'humilier, ou de m'insulter. Je le méritais. Je lui en voulais de gagner. J'étais persuadée qu'être une perdante était la raison pour laquelle maman ne m'aimait pas.

Après les batailles, chacun allait dans ses retranchements, il fallait soigner les blessés, pas encore de morts à enterrer. Si ce n'est mon petit cœur qui parfois n'avait plus le courage d'aller au front. Parfois, le lendemain je n'allais pas à l'école, la convalescence était rude, même si je n'ai jamais eu un os de cassé. Quitte à perdre, j'aurais aimé avoir au moins une cicatrice de mon courage, même ça, il me l'a retirée. Il le disait si bien : « Je sais où frapper pour que ça ne se voit pas. » Comment vouliez-vous que maman m'aime après ça ? Je ne faisais que lui montrer mes faiblesses, d'autant plus que mes soins étaient souvent accompagnés de larmes. Elle me répétait à chaque fois avec une voix dure sans variation, « si seulement tu étais différente », « ne pleure pas, tu es une fille, la vie sera plus dure avec toi. Si tu pleures, tu es foutue ». Eh bien… mes larmes sont toujours aussi difficiles à retenir. Des années plus tard, quand j'ai entamé une thérapie, et que j'ai convié ma mère à une séance, j'ai su qu'elle m'avait aimée, et qu'elle m'aimait, d'une façon un peu étrange, sa façon à elle. Pas comme je l'aurais voulu, mais cette révélation m'a quelque peu apaisée. C'est grâce à cela que j'ai pu avancer et être la mère que je suis aujourd'hui. J'ai appris aussi qu'il était insoutenable pour elle de me voir croupir sous les coups sans réussir à faire quoi que ce soit, tétanisée par la peur. J'aurais aimé qu'elle se batte pour moi comme je le ferais pour mon petit bonhomme. Ce qui est sûrement la première règle que j'ai imposée : qu'il garde sa place d'enfant. Hors de question qu'il protège son parent ! La différence avec ma mère est qu'elle n'avait pas vécu sa maternité avec moi. Je ne sais pas si elle m'a considérée comme son enfant. J'étais juste là… Une ébauche dans le livre de sa vie… C'est comme ça… Vous ne pouvez imaginer l'importance de ses paroles, le fait qu'elle m'ait parlé en toute franchise de ma naissance, de mon enfance, qu'elle me dise clairement qu'elle avait eu du mal à se sentir mère a été libérateur. C'était sa plus grande preuve d'amour, et sûrement la seule fois où elle s'est conduite comme une maman.

Je n'ai pas toujours déclaré la guerre, il y a eu des batailles qui ont été faites par des attaques de l'envahisseur. Tout était prétexte : une mauvaise journée, un rire, une phrase mal interprétée, comme je n'étais pas une très bonne élève ; les bulletins qui comportaient de mauvaises notes. Là, il fallait être constamment sur la défensive. Bien sûr, j'étais également nulle en esquive, vraiment, dans mon armée j'avais beau être le chef, j'étais un vrai boulet. L'attaque pouvait venir de n'importe où et à n'importe quel moment. Pendant le repas : la tête plongée dans l'assiette. Les claques par-ci par-là, les cannettes de bière qui volent. J'ai même très souvent roulé dans l'escalier.

Mais c'était le soir que je devais être le plus en alerte, et ça je dois remercier mon ennemi, je vous en parlerai plus tard. Mais ce sont ces années de luttes contre la peur de m'endormir qui m'ont aidée à affronter les nuits dans la rue. Le pire des châtiments était au moment du coucher, parfois sur le point de m'endormir : les coups de ceinture sur mes jambes frêles. J'entendais ses pas lents dans l'escalier, je me chuchotais : *Ça va commencer*. Je devais déclarer forfait, je ne pouvais pas lutter contre cette arme atomique, mon Hiroshima détruisait sur son passage ce qui me restait d'amour propre. Toute tremblante, le souffle rapide, je remontais la couette jusqu'au-dessus de ma tête. J'attrapais mes jambes, et je me mettais en boule comme pour ressentir la protection du fœtus dans le ventre de sa mère. Puis, j'attendais. Je priais : S'*il vous plaît seigneur, je vous jure, je ne recommencerai plus*. Il passait devant la porte de ma chambre pour rejoindre la sienne. Le sol semblait s'effondrer sous ses pas. J'espérais au plus profond de moi qu'il oublie la bêtise que j'avais faite plus tôt. J'avais mal au dos dans cette position, mais je ne pouvais pas bouger. Il ouvrait la porte. Un sursaut de terreur m'envahissait. Son ombre était dans l'embrasure. Il paraissait deux fois plus grand, et n'avait pas oublié. Les claquements de sa ceinture me glaçaient le sang, je ne supportais pas ce bruit. Puis, il criait ce qu'il avait à me reprocher que j'étais une bonne à rien, que j'aimais les coups parce que j'en demandais. Il arrachait la couette, et avec sa grosse voix m'ordonnait : « Tends tes jambes. » Je m'excusais, je le suppliais :

« S'il te plaît papa, s'il te plaît.

— Je t'ai dit, tends tes jambes ou je tape n'importe où.

— Non s'il te plaît papa.

— C'est la dernière fois que je te préviens.

— D'accord papa, d'accord. »

Au premier coup sur mes jambes, je les ai repliées, c'était plus fort que moi, je n'arrivais pas à les garder tendues. Comme il devait me redemander de tendre les jambes, il frappait plus fort, en disant : « T'en veux encore ? » « Tu aimes ça ? » Son visage était rouge, ses yeux sortaient de sa tête, son sourire était diabolique. Il respirait fort, il semblait prendre du plaisir chaque fois que la ceinture s'abattait sur ma peau. Après une pluie de coups, son visage redevenait normal, il rangeait sa ceinture sur son pantalon. Il me souriait en caressant mes cheveux. Il me disait d'une voix constante :

« J'espère que tu ne recommenceras plus, que tu seras sage. »

Toute tremblante et pleine de larmes, je lui répondais : « Je te le promets papa. »

Et il finissait souvent par :

« Ah je vais passer une bonne nuit. » Comme s'il avait besoin de ce rituel. Car je n'ai jamais su tenir cette promesse, les coups de ceinture revenaient tous les soirs. Quand il sortait enfin de ma chambre, j'attendais ma mère, elle n'est jamais venue. Je pensais dans ma tête d'enfant qu'elle m'en voulait, que j'avais été vraiment horrible. Il a fallu un travail énorme avec une psychologue très patiente pour comprendre que le monstre ce n'était pas moi. *Un enfant dans cette situation ne haïra jamais ses parents, il se détestera lui-même.* C'est ce qui s'est passé, je me suis détestée, si je m'aime aujourd'hui ? Je ne sais pas.

Si les blessures physiques étaient superficielles, d'autres traces ont du mal à partir, mon sommeil est encore léger, la porte de ma chambre doit toujours rester ouverte, et je suis incapable de tendre les jambes dans mon lit. Elle est peut-être là finalement la cicatrice de mon courage.

Après la terrible déception de ma naissance, ma mère a voulu se sentir mère et est retombée enceinte presque aussitôt. Elle était épanouie, paraît-il, je ne m'en souviens pas, j'étais trop petite. Elle gardait un album photos que j'aimais prendre en cachette et feuilleter. Je la voyais heureuse et j'inventais des histoires. Elle était magnifique avec ses longs cheveux noirs bouclés, et ses yeux verts. Elle n'avait pas eu de chance, de ses deux enfants, c'est moi qui ai hérité de son physique, trait pour trait. Pourtant autant qu'elle était magnifique, je me trouvais horriblement laide. Bref, cette grossesse a été menée jusqu'au terme avec un beau bébé de plus de quatre kilos, plus du double de mon poids de naissance, pas étonnant qu'elle l'ait aimé tout de suite. Mon père en était également très fier ! D'autant plus qu'il avait hérité de son portrait, il n'avait donc pas un physique divin. Il était grand, gros, brun, les yeux marron, un visage quelconque, presque ingrat avec des traits grossiers. J'avais un tel retard de croissance, et lui une telle avance que durant des années tout le monde pensait qu'il était l'aîné. Ce qui extasiait notre très chère mère. Je n'avais aucune rancœur à l'égard de Jonathan, là aussi c'était moi le fardeau. Il était fort, un vrai bonhomme et travaillait bien à l'école. Il avait tout pour être aimé et ne jamais être frappé. Il n'avait pas de batailles à mener, la réussite lui était innée. Il avait même eu la chance de se casser le bras un jour par une chute à vélo, une cicatrice qui lui est restée toute sa vie. Cet évènement a été mon premier sentiment d'injustice, pas parce qu'il était encore plus chouchouté et aimé par maman. Non, parce que sans mener de bataille il avait eu le droit à une marque de courage. Je ne peux pas dire que j'ai grandi dans son ombre, ou qu'il y ait eu quelconque rivalité entre nous. Il n'a jamais fait attention à moi, on ne lui en a pas donné l'occasion. Il ne m'aimait pas, je ne l'aimais pas. Il ne me connaissait pas, je ne le connaissais pas. C'était donc ça le grand frère censé protéger sa fratrie ? Heureusement, il n'y a pas eu d'autres enfants après lui.

Voilà, c'est ce que vous vouliez… connaître mon enfance… bah c'était ça… à des kilomètres des contes que je publie ! Tout n'était pas noir, il y a quand même eu de bons moments, parfois je sentais un peu de réconfort de la part de maman. C'est même arrivé qu'elle me rejoigne dans la nuit pour m'embrasser sur le front, en chuchotant : « Tu es tellement forte. » J'étais plongée dans un sommeil si peu profond que je m'enivrais de son parfum, et savourais son tendre baiser sans entendre son chuchotement. Était-ce un rêve ou la réalité ? En tout cas, j'ai envie d'y croire. Les histoires que je me racontais m'ont fait tenir le coup. J'imaginais la tendresse secrète de ma mère, mais je ne saurais dire si elle a vraiment eu lieu. À force de me la répéter, j'ai fini par y croire et elle fait partie de mes souvenirs. Mais à quoi bon la remettre en question, si ça me fait du bien ? Sans mon imagination débordante, j'aurais crevé plus d'une fois, clairement, je peux dire qu'elle m'a sauvé la vie.

Au collège, ma vie a failli prendre un tournant grâce à une professeure de français. En classe de 3e, à cette période on classait les élèves suivant les résultats. Jonathan était en 4e A, moi en 3e D, pas vraiment chez les nuls, mais pas non plus chez les bons. À chaque réunion de parents professeurs, mon père disait qu'il ne reviendrait pas tellement il avait honte de moi. Pensez-vous… Il aurait raté une occasion de me martyriser. Il expliquait bien aux professeurs quel enfant difficile j'étais, et quel bon père il était. Il n'avait pas tout à fait tort, comme je répondais aux professeurs, et j'étais désagréable avec les autres élèves. Personne n'a remarqué ma détresse. Merde, je n'avais aucun ami, c'était un signe non ? On se contentait de dire que j'étais la fille bizarre du collège. Personne ne s'est jamais demandé pourquoi mon frère était si bien habillé, alors que j'avais des fringues soit trop petites, soit trop grandes. À cette période sombre de ma vie, j'avoue, je n'en suis pas très fière, je volais le whisky de mon père et je le buvais le soir avant d'aller dormir. Ça me permettait de supporter les coups de ceinture. Comme toute adolescente qui se respecte, j'étais une teigne, les coups étaient alors plus intenses. L'alcool me permettait de m'évader et d'apaiser la douleur, j'en avais besoin. Vint le moment où je devais rendre une rédaction sur une histoire imaginaire. J'avais des semaines de retard. Si je ne rendais pas le devoir très vite, la prof allait convoquer mes parents. J'étais à bout de coups, il fallait que je la fasse. Je ne lisais pas énormément, personne ne m'a mis des livres dans les mains dès ma plus tendre enfance. Je n'aurais pas pu en voler à mon frère, il avait un esprit scientifique.

Ce soir-là, double ration de whisky (double ration de coups, fallait tenir). Avant de m'endormir dans ce que j'espérais un coma éthylique, je me mettais à cette tâche. J'ai raconté l'histoire d'une petite fille frêle, qui part au combat contre un terrible monstre, coup après coup, elle se relève. Mais à la fin, elle en a marre de perdre, elle veut mourir. Elle ne se suicide pas parce que si elle meurt, il n'y aura plus personne pour protéger sa mère. La semaine suivante, elle m'a rendu ma copie avec des larmes dans les yeux. La notation lui avait été difficile. « Ton devoir mérite plus qu'un vingt sur vingt, tu as un don pour l'écriture, tu permets que j'en garde une copie ? » Je n'en avais rien à faire, j'ai donc accepté.

Sans préjugé, elle avait toutes les caractéristiques d'une prof de français : les lunettes, les petits talons, les cheveux mi-longs lissent, un visage bien dessiné, un corps svelte qu'on devinait sous ses chemisiers fluides, et un parfum fruité. Je vous avoue que secrètement elle me fascinait depuis l'année précédente où elle avait été la professeure de mon frère. Elle avait tenu tête à mon père, en étant désespérée du travail médiocre du fils prodige dans sa matière. Mon père ne cessait de dire que c'était une « mal baisée ». Rien que pour ça, je l'adulais, elle aurait pu être une alliée de taille.

La petite professeure au fort caractère a foutu un sacré bordel dans ma vie. Après avoir lu ma rédaction, elle l'a photocopiée, et l'a montrée à la conseillère principale d'éducation qui s'est alarmée et a appelé les services sociaux. Résultat : une assistante sociale aux allures de vieille fille… ne le prenez pas mal madame Bernos, et une jeune éducatrice qui devait se demander pourquoi elle faisait ce métier ont débarqué. Elles ont vu mon père, ma mère et mon frère, notre maison type HLM, mais bien meublée. Ce n'était pas le luxe, nos chambres étaient simples, mais nous ne manquions de rien, excepté d'amour, mais l'amour c'est abstrait, on ne peut pas le quantifier. Des gens charmants sans histoire avec leurs voisins. Il est absolument incroyable que personne ne m'ait jamais entendue hurler. Mes parents étaient désespérés par mon attitude. J'étais la seule à poser des problèmes, devinez sur qui la faute a été rejetée ? Elles sont reparties en mentionnant leurs plus plates excuses, ouais… Elles étaient désolées, si elles savaient ce qui s'est passé le soir quand elles ont retrouvé leur petite vie tranquille, elles le seraient d'autant plus. En plus d'être la fille bizarre, je devenais la folle du collège, la prof de français qui me faisait rêver m'a aussitôt abandonnée. Quel était le poids de mes paroles, de mes écrits face aux adultes ?

De cette colère (je n'avais rien demandé moi) est née une sorte de rage inattendue, je me suis mise à étudier, je voulais tout apprendre. Je suis devenue une boulimique du savoir, et mes meilleurs amis sont devenus des livres. Pour avoir la paix, j'allais à la bibliothèque dans le centre-ville, où je m'y rendais en marchant. Je n'allais pas dans le secteur jeunesse, les mères poules avec leurs chérubins aux têtes blondes me donnaient envie de vomir. J'allais du côté des adultes. J'avais entendu dans les couloirs, ma prof de français dire à la prof d'anglais qu'elle s'y rendait une fois par semaine. J'espérais secrètement tomber sur elle. Je voulais lui faire payer sa trahison, lui prouver que je n'étais pas folle, et lui montrer les parties non visibles de mon corps.

Je ne l'ai jamais vue, mais j'ai fait la découverte de Yann Queffélec avec « noces barbares ». Cette violence me fascinait. Encore un enfant qui n'avait pas été aimé par sa mère à cause de la barbarie des hommes. Après ça, il me fallait lire tous les livres de la bibliothèque. Tous les genres de livres. Je voyageais et je vivais des histoires extraordinaires qui me faisaient rire ou pleurer. Je suis tombée amoureuse d'Alfred de Musset, et George Sand. Certains mots étaient difficiles à comprendre, alors je faisais des recherches dans le dictionnaire. « Confessions d'un enfant du siècle » est devenu ma bible, je le connais par cœur. Je rêvais d'amour, de déchirure et de passion. La vie m'était enfin supportable. À la bibliothèque, j'ai assisté à des lectures musicales, je me suis intéressée à la musique, aux sons et vibrations. Même si c'est l'écriture des textes qui m'a le plus séduite. J'ai commencé à écrire, je noircissais le papier au rythme où mon cœur se vidait. Plus rien ne comptait. Je n'avais besoin que d'un stylo et un cahier pour reprendre vie. Je racontais toutes sortes d'histoires, la plupart du temps elles étaient drôles. Un jour lors d'une sortie scolaire, j'ai été subjuguée par une adaptation théâtrale de *Rhinocéros* écrite par Ionesco. J'eus une autre révélation. J'économisais le moindre centime pour me rendre au théâtre ! Ce lieu est mystérieux et en même temps plein de découvertes. J'aurais aimé être comédienne ou danseuse, pour quitter mon corps et devenir quelqu'un le temps d'une représentation. En me tournant vers l'écriture, je m'abandonne parfois pour vivre les aventures de mes personnages, cet exutoire s'y rapproche. Je suis très maladroite dans ma façon de m'exprimer, dire ce que je ressens est presque une torture. Je bafouille, je dis des mots n'importe comment. Mais écrire, ça je sais… enfin je pense savoir… quand j'écris je suis moi-même, je sais que les mots employés sont justes, parce qu'ils sont exactement ce que je voulais dire ! Je n'ai pas peur qu'on me fasse taire, je m'exprime… Simplement…

À force de travail, j'ai pu avoir des résultats satisfaisants pour demander un passage en seconde générale. Mes parents savaient que j'étais bonne à rien. Ils n'étaient pas à un échec près si je me plantais. Je me faisais une interprétation négative des appréciations sur mes bulletins. Pour moi, elles voulaient toutes dire la même chose : « Élève nulle qui ne lâchait rien. » Alors qu'elles étaient pleines d'encouragements. Il était écrit : « Élève moyenne, avec beaucoup de volonté, le travail finira par payer. » J'ai également obtenu le brevet des collèges avec mention et une moyenne de seize sur vingt, ma première victoire pour laquelle j'ai été la seule à être fière. « Ils donnent le brevet des collèges à tout le monde. » L'année suivante, mon frère a réussi avec treize sur vingt. Son dur labeur a été félicité… Cette victoire m'a montré une chose essentielle, j'étais capable de réussir quelque chose. Alors étudier est devenu une bouée de sauvetage qui me permettait de ne pas sombrer dans les abîmes de ma triste vie.

Durant mon année de seconde, mon père a failli faire une belle action, il a tiré sa révérence. Un soir d'ivresse, il a perdu le contrôle de sa voiture. Il a fait des tonneaux pour finir dans le fossé. Il est mort sur le coup. Il n'y a pas eu d'autre victime. Il nous a épargné cela. Ça aurait pu être un évènement joyeux si j'en avais été l'auteur. Il est parti sans que je puisse gagner un seul combat. Pire, sa mort a dévasté ma mère qui a sombré dans une profonde dépression. À ce moment-là, des ampoules se sont allumées dans certains cerveaux et on a commencé à s'inquiéter pour mon frère et moi. Ma mère a été soutenue notamment par sa famille, une belle bande d'hypocrites. Une famille qui lui a tourné le dos pendant toutes ses années de mariage, et revient après la mort de son mari. J'ai découvert des grands-parents, des oncles, des tantes, des cousins et cousines, tous semblaient avoir des liens très forts. C'était clair qu'on n'avait rien à voir avec eux, nous n'avions aucune forme d'attachement. Et désormais, on devait se les coltiner pendant les repas de famille. Une véritable torture, qui aurait pu être supportable, si dans cette épreuve mon frère et moi nous nous étions rapprochés. Mais même pas, lui avait perdu son père, moi mon adversaire. La douleur n'était pas la même, nous ne pouvions pas nous comprendre.

Après quelques semaines, le plus choquant était ce calme terrifiant, les cris absents, les bouteilles qui ne se vidaient pas (enfin un petit peu puisque je continuais à voler son Whisky, une sorte d'hommage). Je n'arrivais pas à m'habituer à l'absence de coups. C'était étrange comme sentiment, je ressentais comme un manque, j'avais besoin de sa ceinture. Il n'y avait plus de monstre pour porter atteinte à mon maigre corps, alors pour combler ce vide j'ai commencé à me scarifier. La douleur m'était essentielle. Même si je couvrais mes bras pour cacher les cicatrices, ma prof de sport l'a remarqué un jour en piscine. Je n'étais pas très maline. Ça m'a valu un petit passage en psychiatrie où le psychiatre a conclu que je ne supportais pas la mort de mon père. Il n'avait rien compris, je ne supportais pas l'absence de coups due à la mort de mon père, mais je n'avais pas su l'exprimer.

Bon, ce petit séjour ne m'a pas fait du mal, au contraire, j'ai rencontré des personnes en grandes souffrances et intéressantes. Et j'ai eu quelques véritables amis, de vraies personnes, pas des personnages de romans. Des personnes fragiles en qui je me suis mise pour mission d'aider, c'était devenu mon cheval de bataille. C'est drôle comme sentiment d'avoir l'impression d'être quelqu'un tout d'un coup, alors que depuis toujours on est persuadé d'être moins que rien.

Bien entendu, j'ai redoublé ma seconde et mon frère a arrêté les études. Il a pris pour excuse qu'il devait s'occuper de notre mère. Il était devenu l'homme de la maison. Tant qu'il ne m'embêtait pas, ça ne me posait pas de problème. Rien n'avait changé, nous n'existions ni pour l'un ni pour l'autre. Il n'avait plus aucune vie sociale, sa vie était sa PlayStation, alors que moi je découvrais le monde. Et j'avais envie de rencontrer un maximum de personnes.

Ma deuxième année de seconde a été une révolution sociale, et amicale. J'ai découvert que j'avais de l'humour, que je pouvais plaire aux autres, notamment aux garçons même s'ils me plaisaient moyennement. Je charmais aussi les professeurs qui me soutenaient comme personne n'avait été là pour moi. Une communication s'était installée avec ma mère, nous faisions du shopping, je lui partageais mes lectures. Petit à petit, je prenais goût à cette liberté, à ce bonheur. Petit à petit, je n'ai plus eu besoin de me faire du mal. Ayant connaissance de mes atouts, j'ai voulu devenir jolie. J'ai donc commencé à faire des efforts pour être féminine. C'était mes trente glorieuses, ma belle époque. Malheureusement, j'ai su par la suite que le bonheur, ça se paye parfois durement. Et que la tranquillité ne dure pas.

Mon frère qui avait brillé pendant toute son enfance avait du mal à supporter de me voir réussir. Je suis devenue au centre de ses attaques, il y avait toujours une critique sur ma façon de m'habiller : comme une salope, si je parlais à un garçon. J'étais une salope, je marchais comme une salope. En bref, pour lui je n'étais qu'une salope, et c'était pour cette raison que je réussissais. Je ne l'ai jamais contre dit, parce que mon père aurait dit la même chose, et j'étais certaine qu'il aurait eu raison. Mais je ne voulais pas changer, j'aimais cette vie, j'avais le sentiment d'être une personne « normale ». Enfin, une ado normale qui se prenait quelques coups de poing de temps en temps par son frère. Le seul héritage que mon père nous ait finalement laissé. Inconsciemment, j'avais déjà fait un énorme travail sur moi, et je commençais à prendre confiance en la vie. Il m'a d'abord fallu prendre conscience que jusqu'à présent j'avais vécu différemment. Je ne pouvais rien faire pour le passé, mais je pouvais changer l'avenir et c'est ce qui comptait. La mère d'une de mes amies était avocate, son allure et sa force m'ont impressionnée dès que je l'ai vue. Avec mon amie, nous allions souvent au tribunal correctionnel pour la regarder plaider. Il fallait se diriger dans une salle d'audience au rez-de-chaussée. Cette salle me faisait penser à une église, l'ambiance y était aussi solennelle. Les rangées de bancs étaient divisées par deux, où chacun attendait avec son avocat. Il y avait aussi des journalistes, des étudiants, devant chaque partie la « barre de l'accusé », à gauche de cette barre, l'avocat général, à droite le greffier, et devant le juge et ses assesseurs. J'aimais les plaidoiries des avocats, la gestuelle, les expressions, leur façon de parler. On se serait cru au théâtre. Mais ce qui m'a retenu une attention particulière était le réquisitoire de l'avocat général, qui était une femme. De toute ma vie, je n'avais jamais vu une femme aussi puissante s'exprimer avec autant de fermeté. Certains hommes se faisaient tout petits, j'en ai même vu un pleurer. Je la regardais comme d'autres vénèrent un Dieu ! Puis nous sommes allées à l'étage, du côté des affaires familiales. La salle était plus petite, je m'interrogeais, je ne comprenais pas bien ce qui se passait. Un soir, sur la route du retour, j'ai assommé la maman de mon amie de questions. Et c'est là que j'ai découvert que lorsqu'une personne porte atteinte au corps de l'autre, elle pouvait être punie. Pire, j'ai appris que les enfants avaient des droits ! J'ai aussitôt demandé :

« Même si la personne le mérite ?

Elle m'a répondu du tac au tac.

— Absolument, rien ne justifie les coups. Peu importe la raison, on n'a pas le droit de frapper un enfant, une femme, ou une autre personne. »

Cette réflexion a provoqué un débat animé, car je ne pouvais pas être d'accord. Les coups représentaient toute ma vie. J'ai commencé à aller mieux quand mon frère a pris la relève de mon père. On ne pouvait pas remettre en question mon enfance. Dans son discours, j'ai même découvert que mon corps m'appartenait et que je pouvais en faire ce que je voulais. Cette discussion m'a tellement bouleversée, qu'elle m'a proposé de rester pour la nuit.

Je suis revenue très souvent, je pense que secrètement j'étais amoureuse de cette jolie avocate. Dans son attitude, il y avait quelque chose de gracieux, qui me faisait ressentir des choses étranges dans tout mon corps. Ses gestes remplis de douceur et de tendresse m'ont montré que mon corps peut aussi subir des choses agréables. Qu'il peut également ressentir du plaisir. Après mon BAC, c'était décidé, je voulais faire du droit, je voulais devenir cette femme forte que je ne serais sans doute jamais. Surtout, je voulais moi aussi me sentir supérieure aux hommes tout-puissants.

Peu de temps après cette révélation, mon frère m'a provoquée. C'était un samedi, il devait être aux alentours de quatorze ou quinze heures, j'étais dans la salle à manger et j'étudiais. La table était encombrée par mes livres, mes cahiers, du pain, un couteau, le pot de confiture. J'aimais tant étaler mes affaires. Je ne faisais jamais mes devoirs dans ma chambre, d'ailleurs contrairement à tout ado normalement constitué je n'y allais que très peu. L'atmosphère m'angoissait, j'ai toujours préféré les grands espaces. Mon frère est sorti de sa chambre, et s'est installé dans le salon qui communiquait avec la salle à manger. Il m'a ordonné de lui apporter une bière. Je lui ai répondu qu'il pouvait aller se la chercher lui-même. Je révisais pour mon devoir surveillé, et c'était important. Il s'est levé, et a jeté tous mes cahiers par terre. J'ai pensé un peu trop fort « sale con », à la façon où il m'a dit : « Je te jure que tu vas le regretter », j'ai su que j'allais passer un mauvais moment. Premier coup de poing dans le ventre, je me suis pliée en deux. Deuxième coup de poing dans le dos, je me suis écroulée ventre à terre. Troisième coup de poing dans le dos avec la mention « tu vas apprendre à fermer ta gueule, espèce de salope », je me suis relevée, j'ai attrapé le couteau, et je lui ai planté la main. Comment ai-je fait ? C'est un grand mystère même pour moi. Quand j'ai réalisé mon erreur, il était trop tard, je devais fuir. Je ne savais pas où aller, alors toute tremblante, je me suis enfermée dans la salle de bain. Il a appelé les pompiers, ainsi que ma mère. J'entendais un brouhaha. Personne ne se demandait où je pouvais être ni comment j'allais. Il est parti à l'hôpital où il a subi une intervention chirurgicale. Pendant ce temps, maman lui préparait des affaires. Je suis sortie de mon terrier pour lui parler. Pour elle, il n'était plus question que je reste à la maison. « Tu te rends compte, il va peut-être perdre sa main par ta faute. » Si avant elle ne m'avait pas aimé, il était clair que là elle me haïssait. Comme elle allait passer la nuit avec lui, j'ai attendu le lendemain après-midi pour partir. Je n'ai embarqué que mon sac de cours. Puis, je me suis promenée au jardin public, dans le centre-ville.

J'allais passer ma première nuit dehors, et je ne le réalisais pas. À la tombée du soir, je commençais à avoir faim et froid, alors je me suis dit que je pouvais rentrer chez moi pour m'excuser auprès de Jonathan. Je voulais lui dire que je n'aurais pas dû faire ça. Après quelques coups, la vie reprendrait ses droits. Les volets n'étaient pas fermés, comme la lumière était allumée, on voyait ma mère changer la bande de mon frère. Ils semblaient tous les deux anéantis, ce qui m'envoya un gros et lourd sentiment de culpabilité. Je me suis assise sur le pas de porte, j'ai éclaté en sanglots. Intérieurement, je les suppliais de me pardonner, mais il était trop tard. Je me suis endormie de cette façon, en boule comme un petit chien abandonné.

Le lendemain matin, j'ai sursauté au bruit des volets qui s'ouvrent un petit peu partout dans le quartier. Je n'avais rien d'autre à faire que de prendre le bus et me rendre au lycée comme si rien ne s'était passé. J'avais honte d'avoir insulté mon frère, et de l'avoir poignardé. Si je lui avais apporté sa bière, tout ceci ne serait pas arrivé. Et surtout, j'avais honte d'avoir passé la nuit dehors. Je ne voulais pas que ça se sache, en une journée j'ai brisé tous les liens qu'il me restait avec le monde des vivants. J'ai été désagréable, voire même méchante. Comme j'ai toujours trouvé une protection dans le mutisme, je m'y suis réfugiée. J'ai entendu des : « Qu'est-ce qu'elle a ? Elle a ses règles ? » « Pour qui elle se prend ? » Personne ne comprenait mon changement soudain, personne ne cherchait à le comprendre. Même si je suis de nouveau devenue seule, le lycée m'offrait une protection. Ce n'est donc qu'à la fin du dernier cours que je me suis demandé où j'allais dormir. J'ai d'abord eu l'idée d'aller en salle de permanence jusqu'à la fermeture du lycée.

À dix-huit heures, je me retrouvais parachutée dans le monde extérieur, on était mi-novembre et il faisait déjà bien froid. J'ai marché jusqu'à avoir des crampes, je me suis assise sur les marches du théâtre. J'ai remonté les rues parallèles pour rejoindre le musée, et j'ai traversé le centre-ville pour retrouver le lycée. Il y avait un arrêt de bus pas loin, déjà squatté par un SDF. Je me suis assise sous un arbre, dans une rue derrière. Je ne sais pas pourquoi, mais rester à proximité me rassurait. Je ne faisais aucun mouvement, je sursautais au moindre bruit. J'étais toujours en alerte, comme quand j'étais petite, impossible de m'endormir correctement. Le lendemain, j'étais devant la grille avant l'ouverture des portes. Une fois la permission d'entrer, j'ai couru jusqu'aux toilettes, et je me suis lavée avec les moyens du bord. Cela ne valait pas une bonne douche, mais c'était déjà ça. Le soir après le dernier cours, je recommençais comme la veille, petit à petit c'est devenu une routine. À la tombée du soir, les maisons s'allumaient sans que les volets soient fermés. Je regardais la vie des autres, et pour tenir le coup je m'inventais des histoires. Je me construisais un avenir. Je me disais que j'aurais une famille. On rigolerait comme les gens de la maison cent deux. On s'embrasserait comme ceux de la cent six. On regarderait la télé comme ceux de la cent huit. Et on prendrait un repas tous ensemble comme dans beaucoup de maisons. Je devais me battre, pour connaître ces moments-là. On a tous un mécanisme d'autodéfense qui s'installe malgré soi, celui-ci était le mien. J'ai passé un mois dans la rue, dans le froid et la peur.

La journée, ça allait, la sonnerie du lycée aidait à me repérer dans le temps. Je gardais une notion temporelle, on ne se rend compte à quel point elle est précieuse que lorsqu'on la perd. Le soir sans portable ni montre c'était une horreur. J'avais l'impression que les nuits n'en finissaient pas. Je m'étais fait des repères visuels pour ne pas sombrer dans la panique. Par exemple : il y avait d'abord le dernier bus qui passait, ensuite le SDF venait s'installer dans l'arrêt de bus, et le ciel qui noircissait peu à peu. Ensuite tous les volets qui se fermaient petit à petit m'indiquant plus ou moins à quel moment on en était. Puis le noir profond où il ne se passait rien. À ce moment-là, je m'assoupissais pour faire taire ma peur. Il n'y a rien de pire que le vide. Puis, le ciel commençait à s'éclaircir, les volets à s'ouvrir, des personnes qui partaient travailler, qui promenaient leur chien. Quand le SDF partait, je savais qu'il était temps d'aller au lycée.

Comment je faisais quand le lycée était fermé ? Je m'adaptais, le mercredi après-midi, ça allait encore. Si je n'étais pas collée, j'allais au complexe sportif regarder les joueuses de basket professionnel s'entraîner. Contrairement aux matchs, les entraînements étaient gratuits. Non pas que j'aimais particulièrement le basket, mais j'étais au chaud, et je dois avouer que c'était sympa à regarder. Il y avait de quoi enrichir mes histoires. Une joueuse avait une relation tendue avec la Kiné du club, une autre était sur le point de se marier, une autre vivait un adultère. Ça m'a conforté dans l'idée que je n'étais pas la seule à avoir une vie de merde. Après ça, j'allais à la bibliothèque jusqu'à la fermeture. On commençait à me regarder bizarrement, mais personne ne m'a dirigée vers la sortie. Et je reprenais mon rituel, je marchais jusqu'à croiser le terminus. Le week-end, c'était différent, la routine est cassée par les modifications d'horaire. Il n'y a que le SDF qui ne changeait rien, je n'ai jamais eu l'occasion de le remercier, alors que c'est grâce à lui que je ne suis pas devenue folle. Le samedi, j'allais à la bibliothèque jusqu'à la fermeture. Parfois quand je trouvais de l'argent par terre, j'allais au cinéma, je regardais n'importe quel film. Je préférais me nourrir de culture plutôt que de nourriture. Le dimanche, je prenais le train et j'allais n'importe où. Avec la SNCF on a accès à l'heure régulièrement, et je pouvais m'assoupir, les sièges étaient plus confortables. On voyait moins de contrôleurs que maintenant, et si je me faisais contrôler, je montrais ma pièce d'identité. J'imaginais ma mère recevoir l'amende et se demander si j'habitais dans cette ville, ce que je faisais de ma vie. Je la voyais pester « je suis sûre qu'elle le fait exprès, cette petite garce », c'était de bonne guerre.

Le pire moment que j'ai vécu dans la rue est d'avoir croisé ma mère un soir d'errance. Elle m'a regardée durement puis a tourné les talons. Elle ne m'a pas demandé comment j'allais, si j'avais trouvé un endroit pour dormir, si je continuais les cours. Je n'ai pas pu la remercier de continuer à payer la cantine, c'était mon seul repas. Je n'en étais pas encore à faire la manche ni les poubelles. Disons que j'étais un peu trop froussarde pour ce genre de choses. Il faut un sacré courage pour le faire. Le commun des mortels a tendance à penser que les personnes sans abri sont fragiles, c'est faux, ils sont bien plus forts que la majorité de la population. Elle a fait comme si je n'existais pas, de toute façon je n'existais plus, ni pour elle, ni pour la société. Mes résultats scolaires ont commencé à baisser, je m'endormais de plus en plus pendant les cours, j'étais devenue une exclue.

Ma prof de sport, une petite brune d'une quarantaine d'année, cheveux très courts, corps athlétique, très masculine. En même temps, on n'a jamais vu une prof de sport venir autrement vêtue que d'un jogging. Elle a commencé à se poser des questions, à s'inquiéter, d'autant que je n'avais jamais mes affaires et que j'étais soulagée d'avoir des heures de colles. J'avais toujours les mêmes vêtements et je commençais à sentir très mauvais. Si j'avais eu ne serait-ce qu'un maillot de bain j'aurais pu bénéficier des douches à la piscine. Je n'étais pas idiote au point de ne pas m'en rendre compte. Je savais que je portais sur moi une odeur assez forte, mes cheveux étaient gras et mon haleine horrible. C'est peut-être aussi pour ça que j'évitais les gens. Je ne me sentais plus humaine et je voulais devenir invisible. Si à cette période de ma vie, j'avais eu le bonheur de choper une grippe ou une gastro comme beaucoup de gens, je serais morte, c'est sûr et je n'aurais pas eu cette foutue résilience qui m'empêchait de mourir. Mais non, pas de bol, j'ai aussi des anticorps très costauds, ancienne préma, une vraie warrior.

Nous arrivions à l'approche des vacances de Noël. Les autres ne parlaient que de ça. Jusque-là, je me débrouillais bien avec mes rituels. Une vague de terreur m'a envahie d'un coup, ce n'était déjà pas simple le week-end, pourquoi fallait-il qu'on rajoute des vacances ? J'avais beau vouloir anticiper, je n'arrivais pas à me projeter. Ça me terrorisait. Où allais-je aller si je n'avais plus le lycée ? Quand ma prof de sport m'a convoquée, j'ai explosé en sanglots et je lui ai tout avoué. Quelle surprise d'apprendre qu'elle avait connu une situation similaire. Elle a tout de suite annulé ses cours de l'après-midi. Elle m'a amenée à l'infirmerie pour que je puisse boire, manger et me reposer. Ensuite, elle est allée voir la conseillère principale d'éducation qui sous ses airs de colonel avait un grand cœur. Elles ont cherché ensemble des solutions. Le plus simple était d'appeler l'Unité Territoriale de Prévention et d'Action Sociale, j'étais un cas d'urgence. Le temps qu'on me trouve un placement provisoire, ma prof m'a amenée chez elle pour que je puisse prendre un bain. J'écarquillais les yeux, sa maison était incroyable, rien avoir avec mon arbre. On était accueilli par un hall d'entrée très classe, puis une grande pièce qui faisait cuisine, salle à manger, salon. Une maison ouverte, sans portes, sans mur qui lui donnait une immensité. La déco à l'image de la maison était moderne, quelques portraits de femmes ornaient les murs. Je n'ai pas posé de questions. Je n'aurais pas su, à cet instant de ma vie, je ne contrôlais plus rien. Je laissais les autres se bouger pour moi. J'étais dans une espèce d'inconscience, comme si je regardais cette agitation en flottant dans les airs. J'ai accepté un chocolat chaud, il brûlait au contact de ma langue. J'avais perdu la perception du chaud et du froid. Tout me semblait froid, d'un coup je redécouvrais la chaleur, j'ai mis du sucre, beaucoup de sucre, et je l'ai bu lentement. Pendant que le bain coulait, nous avons engagé la conversation. En réalité, elle a fait un monologue, je l'ai écoutée me raconter son parcours en me faisant promettre de le garder pour moi. Comme j'ai promis, je ne vous dirai rien sur elle, ça ne vous servirait pas de toute façon. Elle vivait avec sa compagne, vous devez certainement vous douter de la raison de son passage à la rue. Cette dame était une belle femme très féminine qui devait avoir le même âge, et sa fille lui ressemblait comme deux gouttes d'eau. Quand elles sont arrivées. Elles devaient déjà être au courant, car elles ne m'ont pas regardée étrangement. La belle-fille de ma prof m'a donné des affaires qu'elle ne portait plus. Pas n'importe quoi, des trucs vachement beaux, mais je ne pensais qu'à retourner sous mon arbre. Je ne voulais pas m'encombrer, j'ai juste accepté une tenue pour changer la mienne. La salle de bain était immense, on aurait pu se mettre à deux dans la baignoire. Le sol et les murs étaient carrelés, il y avait un grand lavabo, et des meubles style scandinave.

Ma mémoire est un peu floue, mais je me souviens de l'odeur de savon qui y régnait. On n'imagine pas le calvaire que ça peut être de retirer ses vêtements après les avoir portés jour et nuit pendant un mois. J'ai commencé par enlever mes baskets. La libération de mes pieds m'aurait presque arraché un cri de douleur. Mes chaussettes collaient si bien qu'en les retirant, ma peau s'est décollée. J'ai alors pensé que si je retirais le reste de mes vêtements, toute ma peau allait se détacher de mon corps, j'ai paniqué. J'ai récupéré mon sac, et je me suis enfouie. Ma prof m'a rattrapée sur le pas de sa porte d'entrée. Il y avait tellement d'humanité dans son regard, et sa voix était si douce que je lui ai fait confiance. Je suis retournée dans la salle de bain. Elle a réglé la température de l'eau et m'a proposé de rester, mais j'ai refusé. Je n'avais pas vu mon corps depuis un mois, je ne voulais pas qu'elle le voie. À ma grande surprise, ma peau ne s'est pas arrachée, mais je n'avais jamais eu aussi froid. Je tremblais de la tête aux pieds. L'eau n'était pas très chaude : trente-sept degrés, elle m'a brûlé le corps, il a fallu aller vraiment doucement pour que mes doigts de pieds s'habituent au contact de l'eau. Une fois le corps plongé à l'intérieur, la température était bien en dessous des trente-sept, mais j'avais toujours un ressenti de quarante degrés. Ce bain était douloureux, il ne m'a apporté aucun réconfort, aucune détente. Pendant mon mois d'errance, je me lavais dans les toilettes du lycée le matin à mon arrivée, et le soir avant de partir. Je n'avais pas imaginé que l'eau serait si noire lors de mon premier bain. Ç'a été un vrai choc ! Ma prof avait dû se douter que quelque chose n'allait pas, elle a frappé à la porte et m'a demandé si je voulais de l'aide. J'ai d'abord crié un « non merci », puis je lui ai demandé, si je pouvais prendre un deuxième bain. Je bafouillais, les sanglots dans la voix, je lui ai demandé d'entrer. Je n'étais plus à ça près finalement ! Elle a eu une attitude incroyable, et a ignoré mon maigre corps, ainsi que la saleté accumulée.

Elle a posé une serviette autour de moi, elle a allumé le chauffage pour que je n'attrape pas froid. Elle a ensuite vidé, puis nettoyé la baignoire, et a fait couler l'eau de nouveau. Elle m'a dit : « Moi, c'était l'été, j'avais en plus attrapé des poux. » Je lui ai montré mes pieds. « Ne t'inquiète pas, on va les soigner. » Je n'ai pas mieux supporté le deuxième bain. Il ne me brûlait plus. J'étais frigorifiée et pourtant la température était la même. Mon corps avait dû subir un traumatisme, je me dépêchais de me laver pour sortir de là. Je me suis frotté le corps à sang pour virer toute cette crasse…

Ce moment de ma vie a aussi laissé des traces. Quand je me déshabille, j'ai toujours une sensation de froid même l'été, c'est pour cette raison que je ne vais jamais à la piscine. L'hiver, c'est dur, je supporte difficilement cette saison. La première chose que je fais en rentrant chez moi est de mettre un gros sweat à capuche. Je bois toujours mon chocolat brûlant avec beaucoup de sucres. J'ai beau être écolo dans l'âme, mon empreinte écologique grimpe parce que j'ai une sainte horreur de prendre une douche. J'ai besoin d'un bain chaque jour, avec une température d'environ 40°, il faut que ça brûle. Je mets le chauffage dans la salle de bain, même l'été. Dites-vous que je fabrique mon propre savon, je n'utilise que des produits naturels et biologiques. Je me sens tellement hypocrite ! Ça m'énerve quand je suis en contradiction avec mes principes. Quand on passe par la rue, on n'y est jamais complètement sortie, il y a toujours un coin du cerveau qui y est prisonnier. Le jour où j'arriverai à prendre une douche, et à me déshabiller sans avoir besoin de chauffage, je serai peut-être libérée.

Ma prof a ensuite reçu un appel de l'assistante sociale, il fallait se rendre à l'UTPAS. Tenez-vous bien, j'y suis allée en Tong, mes pieds ne rentraient plus dans mes baskets. Je me suis mise à pleurer à chaudes larmes en les enfilant. « Comment je vais faire en tong, je n'arriverais jamais à marcher. » La compagne de ma prof m'a dit d'une voix très douce : « Tu ne retourneras plus à la rue, je te le promets. » C'était compliqué, les places étaient limitées, il y a eu quelque chose comme ça, ça allait être Noël et il y avait encore des cadeaux à acheter. L'assistante sociale qui pour le coup n'avait pas des allures de vieille fille, mais qui faisait tout de même un peu « cucul » avec ses hauts talons et ses ongles manucurés. Elle, aussi très différentes de vous, a eu la merveilleuse idée d'appeler ma mère, qui lui a répondu : « Pourquoi elle ne rentre pas à la maison ? Elle s'excuse, arrête ses conneries et revient. » Apparemment, c'était la meilleure solution qui s'offrait à moi, mieux qu'un placement au foyer. Je me demande encore aujourd'hui où elle a eu son diplôme. C'était plié, j'allais rentrer chez moi, ça avait l'air tellement simple. Et elle semblait contente de sa connerie. Elle m'a mis dans sa voiture avec mon barda, ma peur était palpable. Elle me disait qu'elle serait là, qu'elle m'accompagnerait, qu'il n'allait rien se passer. Bien entendu, elle m'a larguée en me laissant un numéro pour prendre un rendez-vous en cas de besoin, et elle a repris le cours de sa vie. Encore une fois, on avait voulu m'aider, et on m'avait lâchée. Je n'attrape pas d'herpès à la vue d'une assistante sociale, mais admettez qu'elles ont souvent le don de foutre le bordel dans nos vies. Je comprends que nous sommes des dossiers, un cas parmi tant d'autres. Il n'y a aucun lien, aucun affect. Mais quand vous avez fini votre journée, vous rentrez chez vous, vous retrouvez votre famille, vous ne pensez plus à nous. Pour nous, c'est différent, la plupart du temps nous sommes seuls dans notre merdier, parfois même dans celui que vous avez mis en place pour nous aider. Et croyez-moi, on ne vous oublie pas.

Comme j'en avais marre de lutter, j'ai fait ce qu'on m'a demandé. J'ai appris à la fermer. J'ai continué à encaisser les coups. Ce n'était pas si difficile, il suffisait juste d'éloigner le cerveau de son corps, un peu comme la méditation. Je me suis dit que ce n'était pas pire que la rue, et qu'avec un peu de chance mon frère réussirait à me tuer. En grand seigneur, Jonathan a fini par me pardonner, mais à quel prix ? Il savait que ma hantise était de retourner à la rue, alors très souvent j'entendais : « Si ça ne te plaît pas, tu vas sous un pont la clodo. » Je préférais les coups à cette humiliation. Je ne me sentais plus en sécurité au lycée ni nulle part ailleurs, je n'avais plus confiance en personne. Mais j'ai quand même poursuivi les cours normalement, ça m'offrait une excuse pour ne pas être à la maison. J'ai continué à marcher dans les rues jusqu'à ce que le terminus me ramène chez moi, ça a duré mes années de lycée. Parfois même, j'allais me réfugier sous mon arbre. Après mon baccalauréat, j'ai abandonné mes grandes ambitions. Je n'étais peut-être finalement pas assez intelligente pour faire du droit. Comme je ne savais pas trop quoi faire de ma vie, grâce à internet j'ai trouvé un travail sur La Rochelle, ainsi qu'un studio. J'ai tout préparé et organisé sans en parler. Ma mère l'a su le jour de mon départ. L'éloignement m'a donné une bouffée d'oxygène. Loin de Cambrai, je me suis construite, et j'ai pu vivre ma vie librement.

Quand nous avons abordé ce sujet avec la psy, ma mère a dit qu'elle pensait me protéger, qu'à son retour mon frère m'aurait tuée. Je ne sais pas si cette séance avait été trop longue, ou si le fait de devenir maman m'avait transformée, mais autant que je pouvais comprendre son manque d'amour, autant que me mettre à la rue, je ne l'ai pas accepté. Si bien que lorsque la psy m'a dit de lui exprimer ce que je ressentais. J'ai pour la première fois de ma vie eu le courage de la regarder dans les yeux pour lui dire : « Je te déteste. Tu m'as détruite. Tu avais peur qu'il me tue ? J'aurais préféré crever… C'est toi qui m'as tuée, je suis peut-être vivante à l'extérieur, je suis morte à l'intérieur. Si tu voulais me protéger, il fallait appeler la police. Mon geste n'était pas normal, mais le sien non plus. On ne tabasse pas une personne parce qu'elle refuse d'apporter une bière. Tu n'as même pas cherché après moi. Rien. La seule protection que j'ai eue venait d'un arbre. Quand j'étais agenouillée contre celui-ci, j'enfonçais les poings tellement forts que mes ongles faisaient saigner ma peau, c'était pour savoir si quelque chose vivait encore en moi. Il n'y avait rien, je ne ressentais rien. J'espère que cette image te hantera toute ta vie, tout comme les cris de douleurs quand papa me frappait et que tu ne bougeais pas… » Ensuite, je ne cessais de hurler : « Je suis morte ! Tu entends ! Je suis morte ! morte ! morte ! morte ! » Il fallait que cette boule de pus explose pour entamer un long et douloureux travail. Cette scène était horrible, mais pour une fois, je me suis sentie forte, je me sentais capable d'affronter mes démons.

À l'inverse, je n'avais jamais vu ma mère si fragile, elle aussi allait devoir faire un travail, entamer un combat contre elle-même pour pouvoir se pardonner.

Jonathan a multiplié les petits boulots, il a rencontré Delphine. Elle avait un petit garçon, Thomas. Elle était une femme fragile qui n'osait jamais prendre la parole. Comme s'il ne cherchait que ce genre de profil, des nanas tellement brisées qu'elles n'ont plus la force de se défendre. Ils se sont mariés très vite, et ont eu d'autres enfants. Ma mère était très présente pour eux, d'ailleurs elle a dû vous en parler non ?

« Johanna… Je… Excusez-moi, mais on va faire une pause.

— Si vous voulez un peu d'eau j'ai apporté une bouteille, je suis désolée, je n'ai pas pensé aux mouchoirs, je ne m'attendais pas à vous mettre dans cet état.

Nous nous levons pour faire quelques pas, et rejoindre la plage. Elle semble vidée, mais on voit qu'elle essaye de maîtriser ses émotions. Contrairement à moi qui ai les jambes tremblantes, le cœur déchiré, et qui peine à retenir mes larmes. À cet instant, je me suis promis que ce serait mon dernier dossier, il est peut-être temps que j'arrête.

— Vous êtes tellement courageuse lui dis-je d'une voix tremblante.

— Ce n'est pas du courage, c'est de l'optimisme. Je lis énormément, je sais que tant que le livre n'est pas fini, il peut encore arriver de belles choses. Ceci est valable pour tout le monde, pour vous, pour moi et pour ses enfants. J'ai aussi eu la chance de rencontrer des personnes formidables, le monde n'est pas peuplé que de connards machiavéliques. Il y a aussi des gens qui parfois sont de passage, nous transforment, par une parole, un regard, un sourire, un geste, et nous poussent vers le haut sans rien demander en retour. Il est important de se dire que l'on ne peut pas changer le passé. Ce que j'ai vécu, ce que ces enfants ont vécu, ni vous, ni moi ne pouvons le modifier. La seule chose que nous pouvons faire est de l'accepter, et plus tôt ils accepteront ce qui leur est arrivé, plus tôt ils pourront se reconstruire. »

Christine

J'ai commencé à comprendre comme il était important d'être enthousiaste dans la vie. Si vous vous intéressez à quelque chose, peu importe ce que c'est, foncez-y à toute vitesse. Enlacez cette chose, serrez-la entre vos bras, aimez-la et par-dessous tout, devenez-en passionné(e). La demi-mesure n'a pas sa place.

Roald Dahl

J'ai eu du mal à obtenir un rendez-vous avec Christine, bien que celle-ci soit à la retraite, elle trouve toujours une excuse pour repousser. Elle a fini par me proposer de la rejoindre chez elle, entre deux rendez-vous. Je l'attends devant son portail depuis une demi-heure. J'hésite à rentrer à l'hôtel. Quand enfin je la vois au loin marchant d'un pas décidé, toute pimpante, sûre d'elle, limite déstabilisante. Nous nous installons aussitôt sur sa terrasse. Elle se sert un gin-tonic, et me verse un Perrier. Elle semble avoir besoin de maîtriser l'entretien, alors elle attaque la première :

« Je n'ai pas la journée à vous accorder, allons à l'essentiel.

— Nous pouvons prendre un autre rendez-vous, parce que l'essentiel ne suffira pas.

— Je ne vous comprends pas. Vous débarquez sans prévenir en bousculant nos vies pour le bien-être de six enfants, et nous passons chacune un interrogatoire comme si nous étions coupables. On ne vous a rien demandé nous, c'est vous qui nous sollicitez.

— Je conçois que ce soit difficile à comprendre, mais il y a des lois. Et c'est la juge qui tranchera sur l'endroit où les enfants seront placés. Sans cette enquête, ils seront répartis dans des foyers. Nous avons peu de temps, donc plus vite le dossier sera bouclé, plus vite les enfants seront en sécurité.

— Vous êtes-vous demandé, si nous avions vraiment envie d'avoir ces enfants ?

— Que voulez-vous dire ?

— Un enfant quand il est placé ou adopté, la famille a le temps de réfléchir, de se poser les bonnes questions. Elle est préparée à l'accueillir. La réflexion a mûri avant. Nous, on ne nous laisse quasiment pas le choix. On subit cette enquête. Mais quand les enfants seront là, serons-nous disposés à les accueillir ? Les aimer ? Parce qu'il ne s'agit pas juste de six enfants, il s'agit de six enfants qui ont un lourd passé. Avez-vous pensé à Léo ? N'avez-vous pas l'impression de sacrifier un enfant pour six autres ? Vous faites un métier à la con.

— Je sais, mais je l'aime mon métier, sinon je ne serais pas là. Je ne vous oblige pas à participer à l'enquête, mais si vous le voulez, je vous écoute. »

— Ma famille est originaire de la région, cette maison, la grande là-bas dans le fond du jardin, et la petite maison voisine que j'ai vendue aux filles appartenaient à mes parents. J'ai un frère qui vit à Paris. Après la mort de mes parents, il avait pris la décision de tout vendre. Par esprit de contradiction, je lui ai racheté sa part. J'ai donc hérité de tout. J'ai passé la majeure partie de ma vie dans un appartement du seizième arrondissement à Paris, mais c'est ici que je venais passer mes vacances. J'embarquais mes nièces, Stéphanie et Marie-Anne. Je ne savais pas ce que c'était d'élever des enfants, mais s'occuper des filles était un sacré privilège. Je les ai vues grandir, devenir des ados, puis des femmes. J'étais présente dans les bons moments, comme dans les pires, y compris quand Marie-Anne a pris la décision la plus importante de sa vie. Alors c'est sûr, je ne suis pas emballée par votre visite ni par l'idée de voir débarquer ici six enfants torturés. Mais si c'est son choix, je le respecterai, je la soutiendrai comme je l'ai toujours fait. Je serai là pour Léo, que je considère comme mon petit-fils, je suis d'ailleurs la seule grand-mère qu'il connaisse. Ce qui veut dire que je serai là pour les autres aussi.

Il y a quelques années, je me suis retrouvée à gérer ces trois maisons. J'ai vendu mon appartement à Paris pour m'installer ici. Une folie ! Il aurait été plus simple de laisser mon frère vendre les baraques que de m'enterrer dans ce trou. Mais nous ne sommes pas toujours rationnels dans la souffrance. Je suis donc partie sur un coup de tête. Comme ça faisait trop à entretenir j'en ai mis deux en location : la plus petite, et la plus grande. Je n'ai jamais su louer ni vendre la grande. C'était peut-être un signe. Cependant, pour la petite, ça se bousculait au portillon. J'ai eu des locataires charmants. Les premiers sont restés quelques mois, puis sont partis à Bordeaux pour des raisons professionnelles. Les seconds sont partis au bout d'un an, ils ont divorcé, la femme n'était… disons pas très fidèle. Ils sont partis chacun de leurs côtés ne voulant ni l'un ni l'autre reconduire le bail. Puis il y a eu cette petite nordiste. Elle m'a plu tout de suite, on sentait une blessure dans le regard, celle qu'ont les personnes brisées. Je me suis demandé si elle était musicienne, comédienne ou peintre. Elle avait vraiment ce truc que seuls les artistes possèdent. Elle était timide, bafouillait au moindre mot. Elle a débarqué en me disant : « Je sais que vous demandez des garanties, mais je peux vous prouver que je n'ai jamais eu un loyer en retard. » Elle louait un studio dans le centre de La Rochelle, au prix de la location de ma maison. Le monde est peuplé de sacrés escrocs ! Elle disait vrai ! Elle devait sans doute être la seule personne au monde à payer son loyer avec une telle régularité. J'avais le choix entre un jeune couple aisé, et cette demoiselle qui visiblement n'avait aucune famille, pas de boulot fixe, et peut-être même pas de thune. Sans hésiter, j'ai choisi la gamine. Je n'avais pas réellement besoin d'argent, je voulais juste me libérer de l'entretien de la maison. J'ai fait une belle carrière pour une grande chaîne de télévision, j'ai touché un bel héritage. Et dans ce coin paumé, il n'y a pas trop quoi flamber. J'ai donc préféré prendre le risque de me faire avoir en faisant une bonne action.

Quand j'ai appelé la gosse pour qu'elle vienne signer le bail, elle pleurait en me remerciant des centaines de fois. Cette maison, elle la voulait. Elle a emménagé les jours suivants. Dans le coin, il n'y a que des vieux, je m'ennuyais. Parfois, mes nièces venaient passer quelques jours, mais voilà, ce n'était pas ma vie, celle que j'avais toujours connue. De plus si j'étais en très bon terme avec mes nièces, je l'étais moins avec leurs parents. J'avais eu une vie de débauche, et ils étaient du style « cul béni ». Ça vient de ma belle-sœur, nous n'avions pas été élevés dans la religion. Rien que le fait de donner des prénoms composés aux enfants me hérissait le poil. Je ne sais pour quelle raison obscure, mon frère tenait à ce que je sois la marraine d'une des gamines. Sur le coup, j'ai refusé. Il me plaisait de devenir tante, mais marraine… Il ne fallait pas compter sur moi pour l'amener à l'église ou au catéchisme. Je n'y connaissais absolument rien à ces conneries. Pourtant je l'ai fait. Pour les deux ! Bon, j'ai finalement accepté quand mon frère m'a dit que l'une s'appellerait Marie-Anne et l'autre Marie-Jeanne. Marie-Anne, ce n'était pas terrible, mais dans la prononciation on pouvait faire la liaison pour que ça sonne Marianne. Marie-Jeanne… J'ai d'abord eu un fou rire, en pensant à une blague. Marie-Jeanne ?

La petite allait porter toute sa vie un prénom qui faisait penser à la marijuana, franchement… pour des cathos en plus ! J'ai donc accepté de devenir la marraine de la Marie-Jeanne en imposant une condition non négociable. Je choisissais le prénom. Ils ont mis du temps, mais ont finalement accepté. Ma mère a dû y être pour quelque chose. J'ai mis des mois à chercher un prénom digne de ma filleule, mais qui serait accepté par l'église, et ne choquerait pas les parents. Le jour de sa naissance approchait, la famille commençait à paniquer, toujours pas de prénom en vue. Nous étions chez mes parents quand ma belle-sœur a perdu les eaux. Mon frère étant injoignable, je l'ai donc conduite à la maternité. Dans la voiture, à la radio passait la chanson de Stéphanie de Monaco *Comme un ouragan*. Arrivées devant la maternité, je vois écris en grand, Maternité de Monaco. Ma filleule allait être une princesse. Avant qu'elle n'entre en salle d'accouchement, j'ai crié à ma belle-sœur : Stéphanie, la petite s'appellera Stéphanie. Elle avait tellement mal qu'elle a accepté sans réfléchir. Finalement, j'aurais pu tenter Janis, Joan, ou Vodka.

Je commençais à me poser des questions sur ce qui me retenait ici. J'avais envie de vendre. Un beau matin, la petite nordiste est venue frapper à la porte. Elle se confondait en excuses de me déranger. Elle voulait savoir si j'accepterais un chien.

— Oh grand Dieu ! Non ! Surtout pas… les poils, la bave et tout le reste ce n'est pas pour moi. Quelle idée ?

Elle se résignait, mais son regard était triste. Je l'ai donc conviée à boire le thé. Elle m'expliquait qu'elle se sentait un peu seule. Elle aurait aimé avoir un compagnon à quatre pattes pour le nourrir, le soigner, le promener. J'ai éclaté de rire, ce n'était pas ce que j'avais compris, je pensais qu'elle voulait m'en refourguer un.

« Ma petite chérie, du moment que tu payes ton loyer, que tu ne croules pas les murs, que la maison est en bon état quand tu partiras. Tu fais ce que tu veux chez toi. »

Un sourire timide s'est dessiné sur son visage, décidément elle me plaisait bien. Nous avons beaucoup discuté. J'ai surtout beaucoup parlé de moi, de ma carrière. Elle posait beaucoup de questions, elle s'intéressait à tout. Son visage s'est assombri quand je l'ai interrogée sur sa famille. J'ai su que son père était mort. Sa mère quant à elle vivait dans le nord avec son frère, sa femme, et leur fils. Je me souviens de lui avoir dit qu'il devait être un gars bien pour reconnaître un fils qui n'était pas le sien. Quelle idiote ! On voyait qu'elle ne voulait pas parler de sa famille. Je n'ai pas insisté.

Le lendemain, elle est allée à la Société Protectrice des Animaux de Royan, et est revenue avec une bête énorme ! Une espèce de molosse noir avec une tête bizarre m'a sauté dessus à la première vue. Rejoint par ma voisine qui débordait de joie.

« C'est quoi cette horreur ?

— Ma chienne Gaïka, elle a un an, elle est magnifique n'est-ce pas ?

— Tu as dégoté ça où ?

— La dame de la SPA allait la faire euthanasier, elle a beaucoup souffert, j'ai donc voulu la sauver. Elle ne vous plaît pas ?

— Disons que je m'attendais à un caniche, un cavalier King Charles ou un yorkshire, mais ça, ce n'est pas un chien, c'est un ours !

— C'est à cause de son croisement, elle est labrador X Rottweiler, c'est à cause des gènes du Rott qu'elle voulait l'euthanasier. Mais c'est injuste, moi aussi j'ai des gènes à la con, ce n'est pas pour ça qu'on m'a piquée. Je crois qu'elle vous aime bien.

La chienne était debout sur les deux pattes arrière, et me poussait avec les deux pattes avant.

— Oui, bon, enfin, tu sais moi les chiens, ce n'est pas mon truc. Mais si elle te convient, bienvenue à toi, Gaïka, lui ai-je dit en souriant. »

Comme je vous l'ai dit, je m'ennuyais dans ma campagne. J'ai donc pris plaisir à regarder ma voisine se dépatouiller comme elle pouvait avec sa nouvelle amie qu'elle fagotait d'un bandana d'une couleur différente chaque jour. Je dois admettre que ça lui allait bien. La pauvre en voyait de toutes les couleurs quand elle l'amenait en sortie. La chienne tirait tellement fort que c'est elle qui la promenait. Pour le lavage, elle parcourait la maison et la cour. Elle coursait les vélos qui passaient devant la maison. Puis, elle sautait au-dessus du petit muret qui séparait nos deux maisons. Elle me l'a démoli plusieurs fois. Ma voisine était adorable, mais n'avait aucune autorité. Néanmoins… sa volonté de bien faire était touchante. Alors, je me suis renseignée pour lui trouver un club d'éducation canine dans le secteur, et un jour où nous prenions le thé je lui ai donné les coordonnées.

À chaque fin de cours, elle venait me voir pour me donner des nouvelles de sa chienne. Petit à petit, je découvrais une fille moins effacée, intelligente avec un sens de l'humour incroyable. Je me suis laissé entraîner et j'ai fini par faire une promenade avec Johanna et Gaïka. Puis une autre, et encore une autre… C'est devenu une routine, pendant plusieurs mois, nous faisions notre promenade quotidienne. Finalement, l'idée de vendre ne m'a plus traversé l'esprit.

Un jour d'été, l'air était doux, ça faisait quelques jours que je n'avais pas eu de nouvelles de ma voisine. Je ne savais pas si je m'inquiétais réellement ou si je ressentais un manque. Je savais que son nouveau travail était très prenant, mais de là à ne plus sortir sa chienne… Je l'ai donc attendue derrière ma fenêtre. Je reconnais que ça fait un peu commère, mais son attitude n'était vraiment pas habituelle. Vers vingt-trois heures, je l'ai enfin aperçue ! C'était à peine croyable, après tout ce que j'avais fait pour elle, elle osait sortir sa chienne sans moi ! Ça m'a provoqué un tel sentiment de colère que je suis sortie en peignoir et pantoufle.

« Alors on snobe ses amis !

— Bonsoir Christine.

J'étais prête à lui sauter à la tête pour qu'elle m'explique pourquoi une telle trahison, mais je m'y suis prise à deux fois quand j'ai vu son visage.

— Que se passe-t-il ?

— Rien, tout va bien, je suis désolée, je travaille beaucoup en ce moment. Je sors Gaïka tard le soir, je pensais que tu dormais.

— Bon… là, je suis réveillée… Bouge pas, j'enfile une veste et je t'accompagne.

— Dans cette tenue ?

— Ça me rappellera mes vingt ans, mais là c'est aux p'tits vieux que je ferai de l'effet. »

Je l'ai rejointe en nuisette, et petite veste en cuir. L'on pourrait en rire en y repensant, mais la situation semblait vraiment dramatique.

Nous sommes allées sur la plage, il y avait un grand marché nocturne, des musiciens amateurs qui jouaient du djembé, l'odeur des gâteaux qu'un stand vendait. La foule semblait joyeuse, les enfants qui tenaient dans leur main des ballons ou des sucreries commençaient à fatiguer. Quelques hommes avaient un verre dans le nez. C'est pour cette raison que Jo avait horreur de la période estivale, à l'inverse, moi qui l'adorais, j'aimais faire la fête toute la nuit. Ce n'était pas Paris, mais au moins l'été c'était vivant ! Pendant deux kilomètres, nous avons regardé les autres s'amuser sans décrocher un mot. Ce qui pour ma part révèle du miracle. Je réfléchissais à ce que j'allais dire. Là aussi, ce n'était pas habituel. C'est dingue ce qu'on peut changer quand on se sent bien en compagnie d'une personne. Chez Johanna, j'avais aussi remarqué une transformation, elle était devenue souriante, et épanouie. D'un seul coup, elle disparaissait et je découvrais un animal apeuré. Il y avait quelque chose de pas clair là-dedans, et il fallait que je le sache. Pour engager la conversation, je lui ai fait une petite tape sur l'épaule, elle a eu un sursaut, comme si je l'avais agressée. Je n'oublierai jamais son regard.

« Que se passe-t-il, ma belle ?

— Je suis fatiguée, je crois que je vais rentrer.

— Non, attends, tu peux me faire confiance, je suis ton amie.

Elle s'est mise à pleurer un torrent de larmes, si bien que sa chienne me regardait d'un drôle d'air. Il y avait un lien indéfinissable entre elles deux, une complicité inexplicable. Elle aurait pu me bouffer pour une parole malheureuse. Puis, Jo a baragouiné un discours incompréhensible :

— J'apprécie les promenades avec toi, quand on partage le thé. J'aime beaucoup t'écouter jouer du piano, me parler de ta vie des années 70, de ta jeunesse. Si je te raconte tout… Tout ça n'existera plus.

— Pourquoi tu m'évites depuis plusieurs jours ?

— Bonne nuit, merci pour la promenade. »

Je n'y comprenais rien, son regard, sa peur, et son mouvement de recul me laissaient supposer qu'elle subissait des violences, mais de la part de qui ? Elle vivait seule avec sa chienne. Dans son nouveau travail ? Un collègue ? Son patron ? J'en ai rencontré pas mal dans mon boulot des salopards qui tripotent les petites jeunes, et les menacent. J'ai moi-même été victime de harcèlement au temps où je travaillais pour la télévision. À cette période, on ne reconnaissait pas les femmes comme des victimes, mais comme des manipulatrices assoiffées. Surtout si le harceleur était un supérieur, qu'il était marié, et qu'il avait une bonne place dans la société. Que vous étiez célibataire, plutôt jolie, et coquette, vous l'aviez forcément aguiché, voire piégé. Johanna était une très jolie fille, mais pas du genre pimbêche comme je pouvais l'être. Elle était discrète autant dans sa façon d'être, que de s'habiller. Ce salopard avait sûrement mis la main sur sa fragilité et appuyait dessus. Je n'allais pas le laisser faire. D'une part parce que cette gamine pouvait être ma gosse, et d'autre part parce que je l'aimais vraiment. Et puis… ça me concernait aussi. Il était en train de gâcher les liens que j'avais tissés avec elle. Je n'allais pas le laisser se mettre entre nous deux.

J'ai réfléchi toute la nuit au plan à mettre en place. J'ai toujours eu des talents de manipulatrice. Pour une fois, je pouvais en faire une bonne action, et je n'allais pas me gêner. Le lendemain matin, j'ai appelé ma filleule Stéphanie. Je désirais subtilement la pousser à proposer des vacances à sa sœur. La pauvre allait se marier, et voulait passer sa vie avec un idiot qui après un an de mariage ne ferait plus attention à elle. C'était un coup, pour qu'elle se retrouve mère au foyer dans six mois, qu'elle fasse la popote pendant qu'il saute sa secrétaire. Pour avoir été de nombreuses fois, la maîtresse d'hommes mariés, ce genre de mecs je les sens à des kilomètres. Mais c'était son choix, alors je le respectais. Néanmoins, un peu de vacances pendant les préparatifs lui permettraient de souffler. Même si je savais que Marie Anne avait le sens de l'engagement, et qu'elle n'allait pas abandonner sa mère et sa belle-mère si facilement. Stéphanie était plus spontanée, plus indépendante, plus à mon image. Tout quitter du jour au lendemain pour partir n'importe où ne lui faisait pas peur.

Ça tombait plutôt bien, Stéphanie venait de se faire larguer par son petit ami, et n'avait pas le moral. Je lui ai dit que je m'ennuyais, que je voulais partir en voyage, mais que j'avais du travail avec les maisons. Je lui ai donc proposé de m'aider, et qu'ensuite nous partirions quinze jours en Italie. J'avais choisi ce pays, parce que les filles l'adoraient depuis toutes petites. J'étais certaine qu'après avoir raccroché, Stéphanie allait préparer ses bagages, contente d'échapper à sa pseudo dépression. Pour sa sœur, c'était plus compliqué, elle avait besoin de vacances, mais comme je l'avais prédit, elle ne voulait pas laisser son fiancé, sa mère, sa belle-mère pendant les préparatifs. On allait avoir du mal à la ramener, pourtant j'avais vraiment besoin d'elle. Je voulais lui présenter Jo parce que je savais que son calme et sa patience la mettraient en confiance, d'autant plus qu'elle s'y connaissait en droit. Son futur mari pourrait au moins faire une bonne action, et nous fournir ce dont nous avions besoin pour aider ma petite voisine. J'étais donc à moitié satisfaite, mais Stéphanie n'était pas inutile, sa force, et son caractère pourrait la décoincer, et lui donner du courage.

J'ai longuement réfléchi à la façon dont j'allais les faire se rencontrer. Johanna était trop discrète, elle ne serait jamais allée vers elle. Elle aurait dit un simple « bonjour ». Connaissant Steph, elle l'aurait trouvée bizarre. Comme ça allait être mon anniversaire, j'ai eu l'idée d'organiser un apéritif dînatoire, que même Johanna ne pourrait refuser. Contente de mon idée de génie, je suis allée sonner chez la voisine. La chienne a aboyé pendant dix minutes avant qu'on daigne m'ouvrir. J'ai d'abord entendu une voix d'homme crier :

« ferme ta gueule clébard », et la chienne piauler. J'étais sous le choc. J'ai repris mes esprits en voyant le regard terne de ma voisine :

— Ben, dis donc, t'en as pris un de temps, avant d'ouvrir la porte. J'ai bien cru que tu ne voulais pas me voir.

Elle me suppliait de parler moins fort. Elle essayait de me pousser pour fermer la porte le plus possible, si bien qu'il ne restait plus que sa tête dans l'entrebâillement. La porte s'est ouverte d'une telle violence que j'ai sursauté. À ses côtés se trouvait un grand brun, costaud, avec des yeux machiavéliques lançant un regard qui se voulait charmeur. Si elle avait dégoté ça comme petit ami, c'était pire que ce que je pensais. Il ne m'inspirait pas confiance. Pour représenter le tableau, il y avait cet homme aux allures de don Juan, ma voisine complètement apeurée, et moi qui avais l'air con. J'ai pris mon sourire le plus faux pour engager la conversation avec don Juan :

« Bonjour monsieur, je suis Christine.

Tout de suite, je fus coupée.

— C'est la voisine, et ma propriétaire… Vous avez besoin de quelque chose ? Vous venez chercher le loyer ? »

Mais à quoi elle jouait ? Le loyer se faisait par virement automatique, et il y a bien longtemps que je ne vérifiais plus les comptes. Pourquoi me vouvoyait-elle ? Propriétaire ? J'étais surtout son amie. Et c'était qui cet abruti pour qu'elle se mette dans cet état ? Parce qu'on voyait clairement qu'elle n'était pas bien, mais moi, on ne me repousse pas comme ça ! J'entrais donc dans son jeu.

« Exactement… je suis venue parce que vous êtes normalement censé me prévenir en cas de changement de situation, c'est noté dans le bail.

C'était à l'homme de réagir.

— Vous avez le droit de faire ça ?

Je pensais : *Je n'en sais rien, et je m'en fous, je veux juste savoir qui tu es, et ce que tu fous là.*

— Tout à fait Monsieur, c'est pour la déclaration d'impôts, c'est une des clauses du contrat. Vous vivez ensemble ?

Non, rassurez-vous madame. Je suis le frère de Johanna, je suis ici pour une courte durée. Voyez-vous, je vis un moment difficile, ma femme m'a quittée, elle a embarqué les enfants. Je les cherche depuis des semaines, je n'arrive plus à vivre sans eux. Je ne comprends pas comment elle a pu me faire ça. Je les aime tellement, j'aurais tout fait pour elle, et les enfants. »

Voilà qu'il se laissait aller à la confidence. Si dans ma vie et dans mon lit, je n'avais pas rencontré autant de connards, je me serais laissé piéger. Mais là, non il y avait un truc qui me dérangeait, je ne savais pas quoi… Je me suis maintenue au plan, ma filleule était trop intelligente pour tomber dans le panneau.

« Je suis vraiment désolée pour vous, j'espère que c'est une passade et que votre femme reviendra. Les histoires de couple sont parfois très compliquées. Je venais justement inviter votre sœur à un apéritif dînatoire, c'est une voisine et une locataire discrète que j'aimerais apprendre à connaître. Vous pourriez peut-être vous joindre à nous, rencontrer du monde vous ferait du bien. »

Sans grande surprise, Johanna est intervenue aussitôt.

— Je vous remercie, mais…

— Ce sera avec plaisir, merci pour votre invitation. Tu as de la chance Johanna, d'être aussi bien entourée, ta propriétaire est géniale.

— Merci monsieur, ma nièce arrive lundi, venez samedi prochain vers dix-neuf heures.

— Nous serons là.

J'étais ébahie par la scène qui venait de se jouer. J'en avais déjà vu des manipulateurs, je savais que ça n'allait pas être simple, mais celui-là me laissait perplexe. Surtout en voyant l'effacement de Johanna. Elle qui avait pris goût à la vie, et que je voyais s'ouvrir comme une tulipe, elle se fanait. Ça me brisait le cœur, mais comme on voyait qu'elle n'osait pas le contredire, il me suffisait de toujours le flatter pour l'avoir à l'œil. Je les connais par cœur ces gars-là, ils se prennent pour des dieux, ils ont besoin d'être glorifiés.

La veille de l'apéritif dînatoire, Johanna a débarqué, elle était paniquée.

« Je t'en supplie Christine, il faut que tu annules ton anniversaire, s'il te plaît, je t'en prie.

— Si tu ne veux pas venir, ne viens pas. Mais je ne vais pas annuler mon anniversaire.

— C'est trop tard, tu lui en as parlé, tu crois vraiment qu'il va me laisser le choix ?

— On a toujours le choix.

Johanna a soulevé son tee-shirt. Il y avait des hématomes à plusieurs endroits.

— Tu crois vraiment que j'ai le choix ?

Elle ne savait pas que ma nièce se reposait dans la chambre. Alertée par le raffut, elle a débarqué et est restée figée devant ce corps tuméfié.

— Moi, ce n'est rien, venez, je vais vous présenter quelqu'un. »

Nous avons pris sa voiture, direction l'hôtel B§B de la Palmyre, là où vous logez actuellement. Sur la route, elle nous a raconté toute son histoire, elle avait le sentiment de vivre dans une boucle, qu'à chaque fois qu'elle se sentirait en sécurité, il réapparaîtrait. Mais ce n'était pas ça le fond du problème. Elle voulait bien encaisser, elle savait qu'il finirait par partir. Il ne savait pas vivre loin de sa maman. Elle était décidée à protéger sa belle-sœur et les enfants. Croyez-moi, ce que nous avons vu à cet hôtel ne nous a pas laissées indifférentes. Pendant plusieurs nuits, ma filleule et moi n'avons pas su dormir.

Comme je ne voulais pas éveiller les soupçons, je n'ai pas annulé mon anniversaire. C'était très dur pour nous trois de jouer la comédie, surtout pour ma nièce qui avait passé la soirée à subir la drague de cet enfoiré. Je le voyais mielleux, attentionné, il me donnait envie de l'étouffer avec l'un des coussins du canapé. Ce que j'aurais dû faire ! Elle lui a envoyé de nombreux signaux pour lui montrer qu'il ne l'intéressait pas, mais ce genre de mec est tellement imbu de sa personne. Il ne pouvait pas imaginer qu'une charmante jeune fille ne puisse pas tomber sous son charme. Elle a fini par en avoir marre, alors dans la soirée, elle lui a dit qu'elle devait téléphoner à sa petite amie. Il ne l'a plus approchée.

Après la soirée, j'ai eu une longue discussion avec ma nièce. Il fallait convaincre Jo de ramener sa belle-sœur dans la maison familiale inhabitée, ainsi nous pourrions la soigner correctement. On devait également faire attention de ne pas frustrer le voisin sans savoir jusqu'à quel point il pouvait être violent. Il fallait trouver une solution pour envoyer cette ordure en taule. La première chose à faire était donc de ramener Marie Anne.

Marie-Anne

On a tous une chance c'est pas perdu d'avance.

Daniel Balavoine

Pour notre entretien, Marie Anne m'a proposé de la rejoindre au restaurant qu'elle dirige à la Palmyre. Une belle ville touristique où la circulation est compliquée à cette période de l'année. Les vacanciers sont partout, sur les routes, en voiture, à vélos, à pied, ainsi que sur les plages. Comme j'ai décidé de visiter les environs, j'ai traversé difficilement Vaux-sur-Mer, puis vingt minutes pour passer devant le zoo de la Palmyre, avant de rejoindre le trois-étoiles sur la station balnéaire. À quinze heures trente, le service est terminé. Marie Anne est le genre de patronne à assurer les coups de feu avec ses employés. Elle est proche de son équipe. C'est une personne charismatique qui porte un regard bienveillant sur le monde. À mon arrivée, elle est en train de prendre un café avec eux. Sur la porte fermée du restaurant, il y a une pancarte où il est écrit : « Le restaurant est fermé » en plusieurs langues. Une serveuse m'a vu tenter de forcer la porte. Elle est venue me l'ouvrir.

« Bonjour Madame, vous désirez ?

— Bonjour, Lisa Bernos, j'ai rendez-vous avec Madame Dupuy-Fleury.

— Un instant, je vous prie. »

Au bout de quelques minutes, la grande blonde aux yeux bleus s'avance vers moi avec un sourire chaleureux. Des lunettes rectangulaires sur le nez, les cheveux relevés en chignon. Elle est habillée d'un tailleur-pantalon, elle dégage une classe naturelle.

— Bonjour Madame Bernos, je vous remercie d'avoir accepté de venir jusqu'ici. Je préfère que Jo ne soit pas présente lors de notre entrevue. Venez, nous allons nous installer par-là, nous serons à l'aise.

Les chaises sont sur les tables, le restaurant est tellement grand qu'il faut deux femmes de ménage pour le nettoyer. Marie Anne a un profond respect pour l'ensemble de ses employés. En contournant les endroits où le sol est encore mouillé, j'ai le sentiment de jouer à Twister. Après ce parcours, nous nous installons sur une petite table dans un coin, où seule la serveuse qui m'a accueillie a réussi à nous trouver.

« Excusez-moi, Madame, avez-vous besoin de quelque chose avant que je m'en aille ?

— Je vous remercie Charlotte, rentrez chez vous, et embrassez vos filles.

— Merci, Madame, bon après-midi à ce soir… (en ma direction) Au revoir Madame. »

Marie Anne a attendu le départ de Charlotte pour commencer. Je savais qu'avec elle l'échange serait aisé. Depuis le départ, elle est disposée à venir en aide aux enfants. Elle me regarde avec un calme et une patience hors du commun. On ressent chez elle une intelligence qui ne s'arrête pas aux a priori. Dans d'autres circonstances, je suis certaine que j'aurais pris plaisir à discuter avec elle.

— Eh bien, allons-y… Je m'appelle Marie-Anne, j'ai trente-cinq ans, j'habite cette charmante petite ville à côté de Royan. J'y ai rencontré l'amour de ma vie et je ne l'ai plus jamais quittée.

J'aime cette ville l'hiver, tout est calme, nous pouvons nous promener sur la plage, respirer l'air frais. Il ne se passe pas grand-chose, certains disent que c'est d'un ennui mortel, surtout les jeunes. Je les comprends, à vingt ans, il ne m'était pas envisageable de vivre dans un endroit aussi désert. L'été en est un beau contraste. Les Parisiens descendent en vacances, il y a énormément de mouvement. Des marchés nocturnes, des concerts improvisés sur les plages, des feux d'artifice. C'est comme si la ville se réveillait en sursaut après un long sommeil. J'ai grandi en région parisienne, dans une banlieue chic. Fille d'un papa médecin, et d'une maman institutrice, bénévole pour le secours catholique. Chez nous, la religion a une place très importante, d'où mon prénom. J'ai eu une enfance joyeuse avec une maman douce et aimante, qui avait pour seul regret de n'avoir pas eu une grande famille. En effet, après un accouchement difficile, elle a donné naissance à ma sœur et moi. Elle a failli mourir et l'utérus lui a été retiré. Elle a vécu le drame de sa vie, mais elle a rebondi. Sa foi était forte, entourée de l'amour de Dieu et des siens, elle a surmonté sa tristesse. Papa était mon héros, il sauvait des gens. Bien que pas bricoleur, il avait su me construire une magnifique cabane. Physiquement, je suis un parfait mélange de mes parents : de ma mère, j'ai hérité de la magnifique crinière blonde et des traits délicats. Mon sourire angélique et mes yeux bleus me viennent de mon père. Je ne garde que de bons souvenirs de ma vie de petite fille. Je me sentais protégée et aimée. J'essaye de faire connaître au maximum ce que j'ai connu à mon fils : la douceur d'un foyer aimant. À l'école, j'étais bonne élève. Bien que timide j'avais quelques amis avec qui partager ma passion pour les études. Avec ma sœur Stéphanie, nous étions inséparables. Nous faisions tout ensemble : les devoirs, le catéchisme, les bêtises, le vélo. J'ai grandi dans l'idée que pour réussir sa vie, il fallait avoir un mari, des enfants, une maison et un labrador couleur chocolat. L'adolescence ne m'a pas posé de problèmes en soi, j'étais plutôt bien dans mes baskets, bien sûr nous avons tenté, avec Stéphanie, des actions de libertés. Ce n'est pas une période que j'ai mal vécue. J'ai eu quelques petits amis au lycée, contrairement à ma sœur qui en avait des tas. Elle voyait la vie différemment. Pourtant nous avions eu la même éducation. Depuis qu'elle était petite, maman regrettait son choix de marraine, elle disait que son caractère extraverti venait d'elle. En terminale, je suis tombée amoureuse d'un jeune homme charmant, Paul, fils d'un avocat. Nous sommes restés ensemble jusqu'à ce que je termine mes études d'hôtellerie. La cuisine a toujours été une grande passion. Avoir mon propre restaurant a toujours été un rêve d'enfant. Pour nos fiançailles, il avait fait la demande en grand, dans un quatre étoiles avec une bouteille de champagne et des roses. Le rêve de toutes les filles. Sur le coup, j'étais folle de joie, mais plus le jour du mariage approchait, plus je me sentais mal à l'aise. Je me demandais si passer ma vie avec lui était vraiment ce que je voulais. Je me sentais comme un imposteur. Maman disait que ce que je ressentais était tout à fait normal. C'était le stress qui me faisait douter et que j'allais vivre le plus beau jour de ma vie. Nous avions peu de famille, mais papa avait gardé un lien plutôt spécial avec sa sœur : Christine, un sacré bout de femme bloquée dans les années 70. Elle habitait une charmante maison en Charente maritime. Plus jeunes, nous y passions presque toutes nos vacances. Elle n'avait pas eu d'enfants. Je ne sais pas si c'était réellement un choix. Personnellement, je n'aurais jamais imaginé une vie sans enfant. Elle nous gâtait, parfois même un peu trop.

Nos deux familles s'activaient dans les préparatifs. Paul travaillait énormément, je ne le voyais que très peu, et je n'avais aucun projet pour les vacances. Je n'avais d'autre ambition que d'essayer des robes de mariée. Stéphanie avait du mal à se remettre de sa dernière rupture. Elle était partie chez notre tante pour l'été. Plusieurs fois, elle avait insisté pour que je la rejoigne en vue de m'aérer l'esprit. Quelque chose la dérangeait chez Paul. Elle n'avait pas la sensation que la vie que je planifiais avec lui m'épanouissait. À plusieurs reprises, elle m'avait évoqué la possibilité d'annuler ou de reporter le mariage. Son audace me faisait rire. Elle était mon témoin et me poussait à m'enfouir par la petite porte arrière de l'église. Sans doute qu'elle prenait ce rôle vraiment à cœur. L'organisation du mariage ne l'intéressait pas du tout, de toute façon, ma mère ne lui aurait pas laissé cette place. Elle était plutôt investie dans la recherche de mon bonheur. Elle était comme ça : cent pour cent vrai. Elle l'est toujours. Elle a un foutu caractère, elle n'est pas toujours facile à comprendre, mais elle se démène toujours pour les autres. C'est ce que j'aime le plus chez ma sœur. Moi, je suis sérieuse, terre à terre et prévoyante. Elle, elle est pétillante, spontanée, et croque la vie à pleines dents. Stéphanie était une jeune femme exubérante, grande, mince, élancée, avec un charme naturel. Elle était styliste pour une agence de mode, d'où son exagération constante. Je l'adorais depuis toujours. J'aimais lire et je croyais fortement en Dieu. Elle était athée, mais s'intéressait à mes croyances, parfois on en discutait pendant des heures. J'aimais le calme, elle ne cessait de jacasser, elle est née avec un défaut de fabrication, même dans les moments les plus gênants il était impossible de mettre sa voix en « off ».

« S'il te plaît, je déprime là… Tante Chris est sympa, mais on ne partage pas grand-chose. Je passe mes soirées à jouer au scrabble.

— Pourquoi tu ne me rejoindrais pas ?

— Tu n'as rien de pire à me proposer ?

— Tu es difficile ! Si tu refuses de me rejoindre, ça ne doit pas être si terrible, et malgré son âge tante Chris est cool. Je suis certaine que vous devez faire de belles sorties.

— Elle écoute Eric Clapton et Sting en longueur de journée. Elle a trop chaud, et ne sort quasiment plus. Si ce n'est pour jardiner ou se promener avec la voisine. J'ai l'impression d'avoir pris dix kilos, et cinquante rides. J'en peux plus de questions pour un champion.

— Prends ta voiture et va faire un tour. Il doit bien y avoir des jeunes de notre âge, va à la plage.

— Moyenne d'âge de la population : Trop vieille ! soit ce sont des mères de famille, soit des grands-mères. Impossible de me faire une copine, à part peut-être la voisine, mais elle est bizarre cette nana.

— Ah bon pourquoi ?

— Elle aime la compagnie de tante Chris.

J'éclatais de rire.

— J'aime aussi la compagnie de tante Chris.

— Nan, mais elle… Elle est jeune, et elles sont super copines, elles ont plein de choses en commun. Si ça se trouve, c'est une psychopathe cette fille.

J'éclatais de rire à nouveau.

— Je me demande qui remonte le moral de l'autre.

J'entendis Stéphanie parler à notre tante.

— Je suis au téléphone avec Marie-Anne.

— Marie ! Passe-la-moi s'il te plaît.

Elle lui arracha le téléphone des mains.

— Salut Marie comment vas-tu ? Les préparatifs avancent ?

— Bonjour tante Chris, je vais très bien merci, et toi comment vas-tu ?

— Très mal, j'en peux plus de ma filleule, si tu pouvais soit venir la rejoindre, soit la récupérer mon cœur te remercierait.

J'eus très envie de rire, j'imaginais la tête de Stéphanie stupéfaite par ses propos.

— Elle est si terrible que ça ?

— Tu n'imagines pas, il n'y a pas un jour où elle ne geint pas. Si tu ne fais pas quelque chose, elle ira finir ses vacances chez la grand-mère qui habite au bout de la rue. (En articulant bien fort, à destination de ma sœur) Deux petites vieilles ensemble. »

La semaine suivante, j'atterrissais donc à l'aéroport de Bordeaux. J'étais très attendue par les deux complices qui m'avaient légèrement menée en bateau. Nous avons traversé les cent quinze kilomètres qui séparaient Bordeaux de cette petite ville Saint-Georges-de-Didonne dans la Mercedes décapotable de Stéphanie. Je ne trouvais pas cette ville si pénible, d'autant qu'en juillet, bon nombre de vacanciers descendent sur les côtes. Je reconnais tout de même qu'il y avait un côté paisible, mais ça bougeait pas mal le soir. Néanmoins, elle avait raison sur le fait qu'une famille ou un couple de personnes âgées pouvaient y vivre tranquillement. J'aurais bien échangé mon deux-pièces parisien contre une de ses vieilles bâtisses au bord de mer.

« Mais tu vas te taire un petit peu, tu épuises ta sœur… Et moi aussi par cette occasion. »

Vexée par les propos de notre tante, et à mon grand soulagement, Stéphanie mit la musique, l'éteignit presque aussitôt et reprit son charabia habituel. Ma tête allait exploser quand enfin on arriva.

La maison de Christine était située sur l'avenue principale, à huit cents mètres de la plage. Pour y accéder, on devait traverser une grande allée avant d'arriver face à un portail qui donnait sur une cour. La campagne dans la ville, c'était sympa. Une petite maison charentaise construite sur un seul niveau. En ouvrant la porte, on était directement dans la pièce de vie, qui donnait sur une cuisine américaine. Derrière la cuisine, il y avait la salle de bain, d'un côté deux chambres, de l'autre les toilettes, le cellier et le garage. Une petite maison pleine de charme, décorée avec goût par une femme célibataire et dynamique. J'allais passer les prochaines nuits dans la chambre d'amis avec ma sœur. J'entrais pour y défaire mes valises, et essayer de me reposer un peu… je dis bien essayer… En ouvrant la fenêtre, je vis un homme reconstruire le petit muret qui séparait les cours des maisons voisines.

« Pauvre petite Stéphanie comme je te plains, ta vie est tellement dure.

— De quoi tu me parles ?

— Du beau maçon avec son corps dégoulinant de sueur, tu as vraiment un sacré problème.

— Lui ? C'est le nouveau voisin de tante Chris, il répare le muret que son molosse a défoncé en sautant dessus.

— Et ? Tu n'en as pas profité pour faire plus ample connaissance ?

— Bien sûr que si, j'ai vite regretté si tu veux savoir.

— Le molosse ne t'a pas laissée approcher ? dis-je en rigolant.

— Ah ah ah… c'est ça, moque-toi.

— Alors quoi ? C'est quoi son problème, il est gay, marié, prêtre ?

— Ce mec est vraiment d'un ennui mortel. Sa femme s'est barrée avec les enfants, et il n'arrête pas d'en parler. À la fin de la soirée, ce n'est pas par le champagne que j'étais saoulée. Crois-moi ce gars-là, il ne cherche qu'à se caser et à récupérer les gosses. »

Épuisée, ma sieste avait duré plus longtemps que prévu. Gênée d'avoir tant dormi, je rejoignais ma tante et ma sœur.

« Je suis désolée, les préparatifs sont éprouvants.

— Ne le sois pas, il va te falloir des forces pour supporter ta sœur.

— J'entends tout (cria Stéphanie depuis la salle de bain, ce qui nous décrocha un petit rire). »

Les jours ont passé, ma sœur était fidèle à elle-même, je me demandais presque pourquoi je l'avais rejointe. J'allais reprendre les préparatifs plus épuisée qu'avant de partir. Christine s'absentait beaucoup, quand elle n'était pas avec des amis, elle était avec sa voisine (que je n'avais pas encore vue). Un soir, je profitais de ce que Stéphanie était sous la douche pour me promener seule sur la plage. Au bout d'une heure, j'ai eu comme un flash, j'avais carrément oublié d'appeler Paul. Il devait être mort d'inquiétude. En revenant, une grosse bête noire s'est jetée sur moi. J'étais tellement impressionnée que j'ai cru que mon cœur allait lâcher, heureusement elle était suivie par son maître.

« Excusez… Je… je suis vraiment désolé… Il pointa son doigt vers le chien : on ne peut pas faire ça Gaïka.

— Je comprends mieux l'état du muret.

— Je suis vraiment confus.

— Ne vous inquiétez pas, ce n'est rien… quand j'étais plus jeune, j'ai eu un labrador, il nous a aussi mis dans des situations délicates. C'est quelle race ?

— Je ne sais pas trop, un bâtard… le chien de ma sœur… elle me l'a confié quelque temps… Compliqué.

J'esquissais un sourire, j'allais ouvrir le portail.

— Je suis Jonathan, le voisin… Enfin pas tout à fait… c'est surtout ma sœur… compliqué.

— Enchantée, je suis Marie-Anne, la voisine… enfin pas tout à fait (je fis un clin d'œil).

Comme je le sentais nerveux, je poursuivis :

— Je suis la jumelle de Stéphanie, vous devez la connaître, la grande blonde un peu folle ? Je viens finir mes vacances chez ma tante. »

La conversation prit fin. J'avais un peu de peine pour lui, il semblait perdu. Si Stéphanie disait la vérité, la séparation avec ses enfants devait le faire profondément souffrir. Il était vraiment séduisant, grand, les épaules carrées, les cheveux bruns avec une barbe, et des yeux intenses, on aurait dit un animal en cage.

Stéphanie affalée sur le canapé m'attendait impatiemment.

« Où tu étais passée ?

— Je me promenais, je viens de faire la connaissance de la belle Gaïka.

— Ah bon, tu as une attirance pour les baveux poilus maintenant ?

— J'ai vu Jonathan aussi, il est bizarre, mais sympa.

— Laisse tomber ce gars… si tu craques pour lui, je t'envoie au couvent.

— Très drôle… Mais je ne comprends pas pourquoi tu as une telle hostilité envers lui.

— Sa femme s'est tirée du jour au lendemain en embarquant les gamins, il est venu vivre ici avec sa sœur qui passe son temps avec notre tante. Ils sont nordistes, ils viennent de Cambrai. Franchement, il y a de quoi flipper : alcoolique, consanguins, si ça se trouve sa femme a fui l'enfer.

— Tu n'abuserais pas un petit peu là ! Heureusement que Jésus n'avait pas porté tous ces jugements. Et j'ai déjà eu l'occasion d'aller dans le nord, d'accord ce n'est pas la région qui m'attire le plus, mais il y a quand même des endroits sympas, et les gens sont accueillants.

— Tu as surtout regardé "bienvenue chez les chtis", attends un petit peu, tu penseras comme moi, ces gens ne sont pas nets. »

J'avais des difficultés à comprendre son attitude. Stéphanie était loin d'être une fille méchante, si elle avait pu l'aider, elle l'aurait fait ou m'aurait demandé de le faire. Je ne savais pas si je devais faire confiance à mon double ou à mon instinct. J'ai balayé cette pensée quand mon téléphone s'est mis à sonner, c'était Paul. Il n'était pas vraiment inquiet, il s'excusait de ne pas avoir téléphoné avant, il avait beaucoup de travail. Il voulait me faire un énorme bisou, et me promettait de me rappeler plus tard. J'essayais de ne pas être déçue, j'avais l'habitude, Paul était présent sans être présent. Et surtout, je le comprenais. Toute sa vie, il a vu son père se comporter de cette façon avec sa mère. Il fallait lui laisser du temps pour changer sa façon de voir la vie de couple. Stéphanie toute pétillante a débarqué dans la chambre au moment même où je raccrochais.

« C'était Paul ?

— Oui, c'était lui.

— Il va te rejoindre ?

— Je ne pense pas non.

Percevant une légère déception au moment où j'ai prononcé ces mots, ma sœur sortit un papier de sa poche, et le brandit sous mes yeux.

— Tant mieux, on va pouvoir organiser… Tadam ! Ton enterrement de vie de jeune fille, regarde j'ai fait une liste de tes amies, dis-moi si tu es d'accord.

Je parcourus la liste, l'esprit ailleurs. Je me sentais bien ici, je n'avais vraiment pas envie de parler ou d'organiser mon mariage.

— Tu as oublié Paola.

— Ah non pas elle, elle est conne cette fille.

— Bon de toute façon, je suis ici pour me reposer. L'enterrement de vie de jeune fille, on verra quand on sera rentrées à Paris.

— Ah, mais je n'avais pas l'attention de le fêter dans cet endroit paumé, mais de l'organiser.

— Depuis quand tu es organisée toi ?

— Je fais un effort, tu pourrais le reconnaître.

Je serrai, ma sœur, très fort dans mes bras.

— Quand je serai mariée, rien ne changera entre nous ?

— C'est juste une bague et un bout de papier… On se fait un resto ? »

Nous sommes allées dans un resto à Royan au bord de la plage, où nous avons croisé Jonathan. Il a engagé la conversation pendant quelques minutes, il nous a dit qu'il était avec des copains et nous a proposé de les rejoindre en boîte de nuit quand nous aurions fini de manger. Il m'a donné son numéro de téléphone pour le prévenir au cas où. Je n'ai jamais aimé ce genre d'endroit, l'odeur est nauséabonde, la plupart des personnes sont alcoolisées et se collent entre elles. Nous étions habituées à des lieux un peu plus chics. Une fois partie, ma sœur m'a arraché le papier avec le numéro de téléphone :

— On ne va tout de même pas rejoindre ces ploucs ?

— Ce que tu peux être méchante !

— Non, mais sérieusement, on est habituées à des endroits beaucoup moins sordides, je ne veux pas me faire violer.

Moi qui ai horreur de ce genre de préjugé, j'ai repris le bout de papier, et j'ai envoyé un texto à Jonathan pour lui dire que nous allions le rejoindre une heure plus tard. Espérant ainsi donner une leçon à ma sœur. Décidément, je ne la comprenais plus.

— Tu as le choix, soit tu m'accompagnes, soit j'y vais seule.

Stéphanie ne m'aurait jamais laissé y aller seule, elle m'a donc suivi. Bizarrement, Jonathan n'était pas accompagné quand il nous attendait devant la boîte de nuit. Ce qui parut étrange à ma sœur. Elle a toujours eu un esprit vif.

— Ils sont où tes potes ?

— À l'intérieur, vous venez ?

À peine arrivée, ma blonde s'est lâchée, elle a bu plus que de raison, et a dansé sur la piste toute la nuit. Je n'en revenais pas ! Nous n'avons pas vu les amis de Jonathan, mais ça ne me préoccupait pas. J'étais trop occupée à surveiller ma sœur. Pendant qu'elle dansait sur la piste comme une strip-teaseuse. Je la regardais depuis mon fauteuil troué, je n'osais pas poser mes coudes sur la table tant elle était sale. Le voisin était assis à mes côtés. La proximité physique qu'il avait instaurée entre nous me mettait mal à l'aise. J'étais incapable de communiquer avec lui. Mais il était très prévenant. Il a envoyé paître quelques gars bourrés qui s'approchaient un peu trop près de Steph. Un vrai gentleman. Je ne comprenais pas ce que ma sœur pouvait lui reprocher. J'ai quand même réussi à récolter quelques informations sur ce don Juan. Il n'avait pas fait beaucoup d'études, mais il avait de la conversation. Quand je lui ai dit que j'allais me marier, son visage s'est assombri. J'ai pensé que ça devait lui rappeler son propre mariage, et ses enfants. Il parlait beaucoup d'eux. On ressentait qu'il les aimait profondément malgré les soucis causés par leur mère. Cela me paraissait incroyable ! Je me disais que les femmes pouvaient être de sacrées garces ! Comment les enfants pouvaient-ils se construire normalement, si leur mère les privait de leur père ? J'espérais ne pas devenir ce genre de femme. Avec toute ma compassion, je lui ai dit qu'il avait beaucoup de courage, et que j'espérais le retour de ses enfants.

Le lendemain, Stéphanie s'est levée en début d'après-midi avec une tête de zombie.

« J'étais peut-être bourrée, mais j'ai tout vu.

— Tu as vu quoi ?

— Ça ne m'enchante pas que tu te maries avec Paul, mais… Quitte à choisir…

— Je t'arrête tout de suite, il ne se passe rien entre le voisin et moi.

— Putain, mais ouvre les yeux, il est fou de toi.

— Tu rigoles, il me connaît à peine !

— Et alors ? S'il te plaît, ne fais pas de connerie.

— Tu vas me dire ce qui se passe avec ce gars-là ?

— Discute avec tante Chris, elle t'expliquera mieux que moi.

— Tante Chris n'est jamais là, d'ailleurs qu'est-ce qu'elle fout ? Pourquoi nous demander de venir, pour ne pas passer de temps avec nous ?

— Je ne sais pas, c'est vrai. Maintenant que tu le dis, c'est bizarre. Elle prépare peut-être ton cadeau de mariage. »

Le soir même, je demandais à ma tante si nous pouvions avoir une discussion franche et sincère. Je voulais lui parler de Jonathan, je ne comprenais pas pourquoi toute cette hostilité autour de cet homme qui semblait anéanti. Elle m'a juste répondu :

— Ne t'approche pas de lui.

Moi qui suis d'un naturel calme, je commençais à m'agacer. Je n'ai jamais supporté les injustices. C'est ma grande particularité, à l'école les professeurs m'appelaient *l'avocat des pauvres.*

— Mais bon sang, vous allez me dire : c'est quoi votre problème avec lui ? Stéphanie, à la limite, mais toi ? Toi, je ne comprends pas. Tu l'as invité pour ton anniversaire, tu lui parles aimablement, toujours souriante. Tante Chris tu n'es pas ce genre de personne, ce que j'admire le plus chez toi est ta franchise.

— Bon écoute… Si tu veux tout savoir… accompagne-moi demain soir.

— T'accompagner où ?

— Tu verras quand on y sera.

Le lendemain, pour ne pas passer la journée à me torturer l'esprit en essayant de comprendre, j'ai appelé Paul. Il avait un petit peu de temps à m'accorder, ce qui me rassura. Il semblait fatigué, je lui ai alors proposé de me rejoindre. Je ne le sentais pas emballé, mais avant de raccrocher il m'a promis d'y songer. J'étais un peu déçue, et j'espérais vraiment qu'après notre mariage, il serait différent. En y repensant, c'est un petit peu stupide de se marier en désirant changer l'autre. Cette journée-là a connu quelques phénomènes étranges. Stéphanie venait de m'annoncer qu'elle devait retourner quelques jours à Paris. Elle devait régler un problème avec son travail. Elle m'a donc plantée vers quatorze heures. Tante Chris, fidèle à elle-même, était aux abonnés absents. Je me retrouvais donc seule avec mes questions. Il faisait chaud, j'ai eu l'envie d'aller me baigner sur la côte sauvage où l'eau est d'un beau bleu. L'estuaire c'était pas mal pour se promener, mais si on prenait le risque d'y plonger son corps on en ressortait avec plein de boutons. J'ai pris quelques affaires, et je me suis mise dans la voiture de location que j'avais louée quelques jours plus tôt. Je roulais, musique à fond en traversant Royan, Vaux sur mer, St Palais, la Palmyre, Arvert pour enfin arriver à l'Embellie. J'ai garé ma voiture dans une forêt que j'ai traversée à pied. Un kilomètre de marche mélangeant l'odeur boisée et l'odeur iodée de l'océan. Je me suis ensuite trouvé un coin sur la plage, assez proche de l'eau où j'ai installé ma serviette. J'ai alterné entre bronzage, lecture et baignade. J'ai même pensé, *voilà de vraies vacances*. Aux alentours de dix-huit heures, je me suis décidée à rentrer, l'air était encore chaud. Tante Chris allait sûrement m'attendre pour le repas. Je commençais à ranger mes affaires, quand j'ai vu un gars au corps musclé, s'avancer vers moi avec une démarche virile. Son visage brillant dessinait un grand sourire.

« Bonjour, Marie Anne, quelle surprise de vous voir ici !

— Bonjour Jonathan, oui le monde est petit, comment allez-vous ?

— Je vais bien merci, j'allais partir, je suis avec des copains, voulez-vous que je vous aide à ramener vos affaires ?

— Ça va aller, je vous remercie. »

Il a engagé la conversation et m'a suivie jusqu'à la voiture. Une fois de plus, je n'ai pas vu les copains, et cela ne m'avait pas interpellée. Je n'avais même pas remarqué sa démarche naturelle comme s'il savait où j'étais stationnée. Il faut savoir que dans cette forêt, il y a plusieurs parkings. Il me parlait de lui, il commençait à accepter le départ de sa femme, et à se sentir mieux. Il prévoyait de rester un petit peu plus longtemps. Il envisageait même d'acheter une maison dans le secteur. Il me posait beaucoup de questions sur Paul, et il me renvoyait une image négative de lui. Il avait trouvé le point faible, et appuyait dessus. Il m'a ensuite invitée à prendre l'apéritif chez lui, alors qu'il n'avait pas de chez lui. Il squattait le canapé de sa sœur et ne participait à aucuns frais. Vous voyez, Mme Bernos, à quel point j'étais stupide ?

Ce soir-là, nous avons attendu que le soleil se couche. Ma tante m'avait demandé de porter un pantalon noir et un tee-shirt de la même couleur. Je la trouvais farfelue, mais là ça dépassait ce que j'imaginais. Je me suis quand même prêtée au jeu. Il aurait été plus simple qu'elle m'explique. J'avais besoin de savoir ce qu'elle voulait me montrer. Nous avons traversé le jardin pour rejoindre la grande maison inhabitée de mes grands-parents, je lui ai chuchoté :

« C'est une blague ?

— Tais-toi et suis-moi. »

Ça faisait des années que je n'y avais pas mis les pieds, malgré l'obscurité on pouvait voir un amas de poussières. Tante Chris ne pouvait pas entretenir cette maison comme si elle y habitait. L'entretien devait lui demander beaucoup de travail, papa avait raison, elle aurait dû la vendre. Nous avons traversé la cuisine, puis le salon et la grande pièce de vie pour remonter l'escalier. Au premier étage, il y avait quatre chambres, et trois au second. Ainsi qu'une salle de bain, et des WC à chaque étage. Nous nous sommes arrêtées devant une chambre du premier étage, la seule où s'échappait de la lumière par l'embrasure. Je vous avoue que je ne me sentais pas très rassurée. Je me demandais dans quelle histoire ma tante s'était embarquée, et quel lien pouvait-il y avoir avec le voisin.

— Tu es prête ? m'a-t-elle demandé.

J'ai hoché la tête. Quand elle a ouvert la porte, j'ai mis ma main devant ma bouche pour retenir un cri. J'ai eu un sursaut de recul. Dans un lit de deux personnes, une femme enceinte était allongée, le visage si tuméfié qu'elle ressemblait à une cinoque dans les Goonies. Un bras était posé au-dessus de la couverture, il était tellement bleu qu'on y voyait plus la couleur de sa peau.

« Comment est-ce possible ? Qui est-elle ?

— La femme de Jonathan.

— Quoi ?

Je n'avais plus les mots. Il semblait si anéanti, si sympathique, si prévenant. Je n'aurais jamais imaginé un être si cruel sous ses airs de bon père de famille.

— Je…. Je… Je ne comprends pas.

— Elle s'appelle Delphine. Elle a trois enfants. Elle en attend un quatrième. Ce n'est pas la première fois que ce salopard lève la main sur elle. Tu vois maintenant quel genre de monstre il est ? Tu comprends maintenant ?

— Elle a vu un médecin ? Il faut l'amener à l'hôpital, qu'elle rencontre une assistante sociale, elle l'aidera dans ses démarches.

Un coup dans mes jambes me poussa en avant. C'était la tête de Gaïka. Elle balançait la queue, elle semblait contente de me voir. C'est là que je l'ai vue, Johanna, pas très grande, le corps très mince, de longs cheveux noirs et un regard intense.

— Que va faire une assistante sociale ? Elle s'excusera auprès de mon frère, et lui remettra sa femme et ses enfants ? Vous voulez la tuer ?

Christine est intervenue dans la discussion :

— Je vais peut-être faire les présentations : Johanna, je te présente ma nièce Marie Anne. Marie Anne, je te présente Johanna, ma voisine. Maintenant que les présentations sont faites, on peut passer aux choses sérieuses ?

Son regard a fixé le mien, il m'a troublée.

— Je sais qui vous êtes, mon frère ne parle que de vous. Vous lui avez donné envie de rester dans la région. Félicitations !

Je me sentais perdue, de nouveau, tante Chris est venue à mon secours.

— J'ai mis Marie Anne dans la confidence, son futur mari est avocat, elle pourrait nous aider. Delphine ne peut pas rester dans cette situation.

— Laissons-la se remettre, et elle décidera ce qu'elle fera. Si tu la forces à déposer une plainte, elle se braquera et ne nous fera plus confiance.

C'était à mon tour d'intervenir :

— Mais enfin, regardez dans quel état il l'a mise ! Vous n'allez pas me dire que vous allez la laisser sans déposer une plainte. Elle a des droits, elle doit les faire valoir.

— C'est à elle de décider, pas à nous.

— Où sont les enfants ?

— En sécurité chez une amie. »

Lisa

N'abandonne pas. Endure maintenant et vis le reste de ta vie en tant que champion.

Mohammed Ali

Trois jours éprouvants viennent de passer. Assise en tailleur sur le lit de la chambre d'hôtel, j'écris le rapport journalier à mon supérieur. Rien n'est gagné pour les enfants. Petit à petit, je découvre les souffrances qui lient cette famille. Cela me donne envie de connaître la raison qui pousse ces femmes à protéger cet homme. Elles donnent le sentiment d'avoir conclu un pacte scellé par le silence. J'ai maintenant une idée bien précise du personnage de Jonathan, puisque mon père était ce genre d'homme. Lui aussi est passé entre les mailles du filet de la justice, jusqu'à ce qu'il massacre ma mère. Depuis ce jour où notre famille a explosé, je n'ai plus jamais revu ni mes frères ni mes sœurs. Je me suis construite comme j'ai pu, valise à la main, voyageant de foyer à famille d'accueil, de famille d'accueil à foyer. Dans mon malheur, j'ai eu la chance de pouvoir faire des études. Une assistante sociale a entrepris les démarches pour que je puisse avoir un logement étudiant. Sans cela, j'aurais fini comme mes compagnons d'infortune : à la rue le jour de mes dix-huit ans. C'est de cette façon que j'ai obtenu mon master en économie sociale. Puis, de manière inattendue, j'ai rencontré mon mari. Un homme puissant qui m'assurait une sécurité financière. Après le mariage, j'ai arrêté de travailler. Je désirais plus que tout fonder une famille. Au bout de quelques années, après de multiples larmes et déceptions, je me suis résignée. Un jour de hasard, où je me promenais dans la ville, je suis tombée sur l'assistante sociale qui m'avait aidée. Nous avons longuement échangé. Une évidence m'a sauté en pleine figure. J'allais devenir assistante sociale. Mon mari avait pris cela comme un passe-temps. Lui aussi avait abandonné tout espoir d'avoir un jour un enfant.

La sonnerie de mon téléphone me sort soudainement de ces souvenirs.

« Lisa ? C'est Franck. J'appelle pour prendre de tes nouvelles.

— Franck…

— Lisa, je sens au son de ta voix que tu ne vas pas bien. Parle-moi s'il te plaît.

— Je n'y arrive plus, Franck. Sur ce dossier, je suis trop dans l'affect. Je pense qu'il est temps de me mettre au chômage en attendant la retraite.

— Lisa, tu viens de vaincre un putain de cancer. Tu es une guerrière, je ne t'ai jamais vue abandonner. »

À ces mots, je lâche le téléphone, et me souviens du jour où le temps s'est arrêté…

La nouvelle a claqué comme un coup de tonnerre. Une visite de routine chez la gynéco, une ordonnance pour une mammographie. Confiante, j'ai attendu quelques semaines pour m'y rendre. À mon âge, ce genre d'examen est d'usage. Tout s'est passé très vite. En quelques heures, je suis passée du statut de femme à celui de malade. Après avoir passé la porte du laboratoire, je me retrouvais sur un ring face à un adversaire surentraîné. J'encaissais les coups de ce langage médical qui m'était inconnu : Mammographie. Échographie. Biopsie.

Tumeur. Stade 3. Ablation de la tumeur. Biopsie. Métastases. Cancer invasif. Mastectomie. Chimiothérapie. Radiothérapie. Impossible de respirer entre chaque coup. Dès que l'un était asséné, un autre m'assommait. Je n'étais pas suffisamment préparée pour comprendre. Mais je savais une chose. Le combat allait se terminer par la mort ou par la rémission. Car le cancer ne s'avoue pas vaincu si facilement. Il perd des batailles, rarement la guerre. Il reste là, tapi dans un coin, prêt à resurgir. Pendant les terribles épreuves de diagnostics, je n'avais personne avec qui partager mes angoisses. J'aurais aimé quelques conseils pour mettre la maladie en chaos le plus vite possible, et reprendre ma vie là où je l'avais laissée. J'ai vécu ce moment comme la pire injustice de ma vie. Qu'avais-je fait pour que cette saloperie se permette de s'incruster dans mon corps ? J'étais en colère, et j'avais honte d'être malade. Bordel, je voulais vivre ! J'ai passé la plus grande partie de ma vie à sauver des enfants, des familles, je pensais être une bonne personne. Pourquoi la vie me faisait-elle subir cela ? Et puis il y a eu la chimio, cet endroit froid qui nous fait oublier que nous sommes des êtres humains. Quand je recevais de la visite, il ne fallait surtout pas s'apitoyer sur mon sort. Les gens n'aiment pas les malades qui se plaignent. Un malade doit être courageux, et souriant, une leçon de vie. Une cancéreuse qui vomit, qui a la diarrhée, qui s'écroule au sol de fatigue, qui pleure, qui ne sait plus se regarder dans le miroir, parce que sa féminité a disparu avec ses cheveux, personne ne veut voir ça. Et puis à les écouter, je n'avais pas un vrai cancer : A*h un cancer du sein ! Pff c'est le cancer qui se guérit le mieux, ça va aller. Ce n'est pas si grave. Tu m'aurais dit un autre, j'aurais eu peur*. Je ne suis une leçon pour personne, j'étais faible quand je subissais ces traitements et j'étais forte parce que je voulais vivre. Ce n'était pas pour donner un exemple de vie, c'était pour envoyer se faire foutre cette saloperie de maladie. Et je l'ai eue, je l'ai battue, seule, ce fut ma plus grande victoire ! Après la chimio, il y a eu la radiothérapie qui brûle à marquer au fer rouge. Comme si j'allais oublier… Il fallait évidemment que je garde une empreinte visible de ce passage. Et puis, tous les rendez-vous médicaux dont on nous assomme. Avoir un cancer, c'est se sentir seule sans jamais l'être. À la fin, les médecins on les appellerait presque par leurs prénoms tellement on les voit. Et ce sont les seules personnes à nous paraître supportables. Les autres, les vivants, les heureux ou les tristes on ne peut plus les voir. Du moins, moi je ne pouvais plus. Ils me rappelaient celle que j'avais été, et que je ne serais plus jamais. Si je cachais mon crâne sous une perruque qui grattait, ou maquillais mes sourcils, c'était pour éviter les regards compatissants à la con. Alors que j'aurais aimé sortir, et hurler dans la rue : « Oui, j'ai un cancer, et alors ? » Après cette année de transition, on m'a conseillé de prendre un mi-temps thérapeutique, j'ai répondu que je venais de passer un an en plein temps thérapeutique, et que je voulais reprendre mon poste. Mais on est vite mis au placard. On peut être l'employé modèle pendant des années, il suffit d'un long arrêt maladie pour que les cartes soient redistribuées. Il n'était plus question que je retourne à mon poste, ma place avait été donnée à une autre personne plus compétente. Comme si ça ne suffisait pas d'avoir dû se battre contre un cancer, je subissais une double peine. Je ne me suis pas laissé faire, c'est encore Franck qui a fait valoir mes droits. Je l'avais tellement malmené pendant ma maladie, que c'était un miracle qu'il soit encore présent pour moi. Je me souviens de ses paroles, quand, à bout de fatigue, je lui ai fait part de mes dernières volontés. J'étais persuadée que le cancer allait gagner.

« Tu vas vivre, parce que je t'aime, et que je ne pourrais pas vivre sans toi.

— Si c'est vrai pourquoi ce n'est pas moi que tu as épousée ?

— Je ne sais pas… Mais c'est toi que j'ai toujours aimé.

— Arrête ! Tu dis ça parce que je suis malade, ce soir tu retrouveras ta femme, et tu m'oublieras. »

Je ne lui aurais jamais avoué mon amour dans cet état. Ma réaction était cruelle, mais je l'aurais été davantage en lui avouant ce que je ressentais pour lui.

Un brouhaha venant du couloir me sort de ma rêverie. Je me demande pourquoi je pense à cela maintenant. Je décide de sortir, prendre l'air me ferait du bien.

Je longe la plage, le temps est mitigé, le vent m'envoie du sable dans les yeux. Je mets mes lunettes de soleil, et je continue de marcher. Je m'installe ensuite sur un des bancs du front de mer, et je regarde les vagues se battre en elles. Mon humeur est en adéquation avec le temps. Mon passé qui remonte à la surface ne m'aide pas à quitter cette morosité. J'ai besoin de Franck, de l'avoir à mes côtés. Je refuse de lui avouer. Au bord des larmes, je lui envoie un texto :

« Désolée d'avoir raccroché brusquement. Pour l'enquête, on devrait laisser tomber. On ne peut pas gagner à chaque fois. »

Mon téléphone se met à sonner, dès que le message est parti.

« Lisa ?

— Je te l'ai dit, je suis fatiguée, Franck. Je ne vais pas tenir. Il y a trop de souffrances dans cette famille, et ça ne date pas d'hier.

— Allons… Tu es la meilleure assistante sociale de France. Personne ne te résiste, tiens bon. Tu n'as pas pu faire tout ça pour rien.

— Je ne sais plus… je devrais passer le relais à quelqu'un d'autre.

— D'accord, mais avant il faut que tu saches que j'ai prévu de te rejoindre demain. Ce n'est pas pour toi. Je dois absolument rencontrer la tante des enfants.

— Laisse tomber, elle ne les prendra pas.

— J'ai des informations qui la feront peut-être changer d'avis. Demain, je t'expliquerai tout, et si tu veux toujours arrêter, je comprendrai.

— Bonne nuit Franck, à demain.

— Repose-toi, Lisa. »

Je souris en raccrochant, seul Franck sait me redonner du courage quand je baisse les bras. Au retour de ma balade, je réponds à un mail d'Annie, qui m'explique la situation des enfants. Je laisse un message sur le répondeur de Johanna, lui proposant un rendez-vous pour le lendemain en fin de journée. J'insiste sur le fait que l'avocat des enfants a des informations la concernant, et qu'après je la laisserai, elle et sa famille en paix.

Delphine

Mais oui, les enfants sont un trésor, la récompense donnée par le Seigneur.

Psaumes 127.3

Avant d'aller me coucher, je parcours d'un œil rapide mes dossiers. Je me sens découragée, mais j'ai besoin de comprendre. Je me décide à lire la longue lettre manuscrite qui figure dans le dossier de la mère des enfants. *À vous de parler, Delphine.*

Madame, Monsieur,

Je vous écris cette lettre pour vous raconter mon histoire et celle de mes enfants. J'ai espoir qu'elle vous permettra de protéger mes enfants, mieux que je n'aie su le faire. La seule raison qui me maintenait en vie était l'amour maternel. Mais quel genre de mère je suis, si je suis incapable de les protéger ? Vous savez, j'ai passé la plus belle partie de ma vie à exercer ce rôle. C'est tout naturellement que je vous les confie, j'ai pris conscience ces derniers jours que pour les protéger je devais moi-même partir. Je le fais par amour pour eux !

Je suis née d'une mère célibataire très jeune. Sa décision de m'abandonner était prise bien avant ma naissance. Contrairement à d'autres, elle ne m'a laissé qu'un dossier vide : pas de lettre, pas de doudou, pas de prénom. Je m'appelle Delphine, parce que j'ai vu le jour un 26 novembre. Je n'ai pas d'arbre généalogique ni d'histoire à raconter à mes enfants. Je ne suis qu'une pupille de l'État avec un dossier, où l'on peut lire qu'à la sortie de la pouponnière, une famille d'accueil m'a gardée jusque l'âge de cinq ans. C'était mignon de s'occuper d'un bébé, et j'étais une source de revenus supplémentaire. Elle ne m'aurait pas adoptée. À partir de cinq ans, je devenais encombrante, et ma famille d'accueil aimait bien les bébés. Je suis donc allée dans une autre, qui cette fois souhaitait m'adopter. J'étais sage et dégourdie pour une petite fille de cet âge. Les parents ne me manquaient pas, je ne savais pas ce que c'était vraiment. L'ancienne famille d'accueil avait mis tellement de barrières que tendresse et amour m'étaient inconnus. J'ai vite trouvé ma place dans cette nouvelle famille, ma future maman était douce et gentille. Elle sentait bon le parfum, et s'habillait coquettement. Elle aimait passer des heures à me coiffer, et à m'habiller avec goût. Mon futur papa était plus distant, il sentait fort le tabac froid. Il se contentait de s'assurer que nous ne manquions de rien. Mes deux futures sœurs, des jumelles, étaient déjà grandes. Elles me protégeaient comme si j'étais leur poupée. J'aimais beaucoup cette famille, je ressentais en moi l'envie de coller avec leur éducation. Comme une peur sous-jacente d'être éjectée au moindre faux pas. J'étais polie, bonne élève à l'école, j'aidais aux tâches ménagères. Je jouissais de mon enfance, avec des anniversaires et des Noëls grandioses, ma famille me gâtait, ma mère m'adorait. J'allais être adopté ! Un soir d'hiver, j'avais une dizaine d'années, et mes parents allaient enfin signer les papiers d'adoption. Le dossier sur la table, nous avons fêté cela ensemble de joie et de champagne. Le lendemain, sans que je comprenne pourquoi mes sœurs sont parties en claquant la porte. Il y avait beaucoup de violence, je n'avais jamais vu maman dans un tel état. Je suis allée me réfugier dans ma chambre, il y avait un mot sur mon bureau.

L'une de mes sœurs avait écrit : « Nous reviendrons te chercher, ne t'inquiète pas. » Comme je ne comprenais pas, j'ai montré le mot à maman qui m'a décollé une gifle. Plus tard dans la soirée, alors que j'étais en boule dans mon lit, terrorisée par ce qui venait de se passer. Maman est venue me voir, elle avait un paquet dans sa main. Elle s'est excusée, et m'a offert la poupée dont je rêvais tant. Elle m'a fait promettre de ne pas en parler, et m'a promis qu'elle ne me giflerait plus. Maman était très malheureuse du départ de mes sœurs, et elle me disait que si je devais moi aussi partir, elle n'y survivrait pas. Les jours se sont suivis dans une ambiance maussade, plus de rire, plus de discussion, plus de jeux, et plus de nouvelles de mes sœurs. Puis, j'ai vu maman ranger mon dossier de demande d'adoption dans le tiroir avant de partir au cinéma avec ses copines. Mon cœur s'est serré. Mon père qui n'avait rien raté de la scène s'est approché de moi :

« Je sais… on t'a promis… Mais tu comprends… Avec le tour que nous avons eu avec nos propres filles, on se méfie maintenant.

J'ai baissé la tête.

— Tu veux qu'on t'adopte, n'est-ce pas ?

J'ai hoché la tête.

— Moi, tu sais, moi, je t'aime bien. Je voudrais beaucoup t'adopter. Mais il faut que tu prouves qu'on peut te faire confiance, que tu es vraiment notre fille.

— Comment ?

— Suis-moi, je vais te montrer.

C'est comme ça que je me suis retrouvée assise sur son lit.

— Alors d'abord, il va falloir être gentille avec moi, d'accord ?

Je hochais la tête.

— Tu sais, entre père et fille, il est normal d'avoir des secrets. Pour que je sois ton père, il faut que tu gardes un secret. Veux-tu que je sois ton père ?

— Oh oui papa, je le veux.

— Très bien… Et puis… toi, j'ai la garantie que tu ne seras pas enceinte.

— C'est quoi notre secret papa ? Je ne ferais pas de bêtise, je te promets.

— Très bien, je sais que je peux te faire confiance. Sais-tu à quel point je t'aime ?

— Non.

— Et toi ? Est-ce que tu aimes ?

— Oh oui papa !

— C'est très bien, donc quand je te le demanderai, tu voudras bien me dire que tu m'aimes ?

— Oui papa autant de fois que tu le voudras, je te dirais que je t'aime.

Son visage s'est transformé, je voyais ses yeux briller, un sourire malsain se dessinait. J'étais trop jeune pour me méfier.

— Me fais-tu confiance, Delphine ? Peut-être qu'après l'adoption nous pourrions changer ton nom de famille, je te donnerais mon nom comme pour tes sœurs.

— Je te fais confiance papa.

Il baissa son pantalon, et me demanda de faire la même chose.

— C'est bien on est à l'aise qu'est-ce que tu en penses ?

— Oui papa. »

Il mit la main dans son slip, et me demanda à nouveau de l'imiter. Je devais aussi lui répéter que je l'aimais. Il me félicitait d'être une merveilleuse fille. Il prit ma main, et l'amena à son sexe. Ses paroles étaient dégoûtantes, je ne les comprenais qu'à peine.

J'ai exécuté tout ce qu'il me demandait dans le seul but d'avoir un père qui m'aime. Je n'ai jamais dit le mot « non », qui aurait pu me considérer comme une victime. Comment aurais-je pu le faire ? Je n'étais qu'une enfant…

Je me revois flotter au-dessus de cette scène, je vois mon petit corps frêle perdre possession de lui-même, je vois mes cheveux en bataille. Mes yeux terrifiés qui se ferment pour ne plus subir ces images, les larmes qui roulent doucement sur les petites joues rouges. Puis le cœur qui ressent un profond soulagement lorsque la porte s'est ouverte, laissant place à la fine silhouette de maman.

« Espèce de salopard ! Qu'est-ce que tu fais encore ?

Interrompu avant sa jouissance, il a tabassé ma future mère sous mes yeux, il m'a ensuite regardée, et m'a dit :

— Voilà ce qui arrive quand une femme n'est pas gentille ! »

Le lendemain, on venait me chercher, et on m'amenait dans un foyer où je suis restée pendant plusieurs années. J'avais dix-sept ans, quand j'ai revu celui qui devait être mon père adoptif. Avec le foyer, nous participions à la semaine sportive : nous découvrions tout un tas de sport. Il était devenu professeur de Judo. Il m'a fait son jeu de séduction, ça a marché. On pouvait lire mes blessures comme dans un livre ouvert. J'étais à la portée de celui qui voulait en profiter. Il m'avait donné son adresse mail. Quelques jours plus tard, je le contactais. Nos échanges étaient de plus en plus réguliers, il m'appelait sa princesse. Il me racontait son divorce, ses malheurs. J'avais beaucoup de peine pour lui. Il me disait qu'il était amoureux de moi depuis ce jour où nous avions été surpris dans sa chambre. Il n'avait jamais cessé de m'aimer. Puis nous nous sommes revus au dojo, de plus en plus souvent. Je pensais naïvement que nous étions amoureux. Il me répétait souvent à quel point il était heureux d'avoir été le premier homme à m'avoir touchée. Il fallait garder notre relation secrète, car sa copine actuelle était d'une jalousie maladive. C'était une question de temps, il allait la quitter, et nous allions vivre le parfait amour. Pour montrer sa bonne foi, un soir, il m'invita chez un ami à lui. Il y avait beaucoup d'alcool, il faisait aussi tourner un joint. Il m'a dit :

« Tu es une adulte maintenant. »

Quelle gamine de dix-sept ans ne rêve pas d'être considérée comme une adulte !

Une fois dans un état second, l'ami s'est mis à vouloir m'embrasser. J'ai refusé, et j'attendais une vive réaction de mon futur petit ami qui disait m'aimer. À la place, il m'a dit de me laisser faire. Cet ami allait prendre soin de moi. Si je voulais vivre avec lui je devais accepter le partage. Je lui ai répondu que je n'aimais pas ça. Alors il s'est résigné, et il a proposé de laisser son ami nous regarder faire l'amour. Il trouvait cela excitant. Cette preuve d'amour allait renforcer nos liens.

Il m'a embrassée, puis a commencé à me déshabiller. Il s'est déshabillé également, et nous avons fait l'amour. À côté de nous, son ami se masturbait en nous regardant.

Le lendemain, après avoir cuvé, je l'ai rejoint au dojo. Le lieu de nos rendez-vous secrets. J'étais mal, le bruit de la masturbation me revenait sans cesse. Je lui en ai parlé, et lui demandais de garder notre intimité pour nous. Il m'a répondu :

« Ne fais pas ta pleureuse, je pensais que tu étais d'accord. »

La fois suivante, j'étais dans un état pire que la précédente, et cette fois son ami m'a pénétrée sans que je m'en aperçoive. Je n'ai eu que des flashs le lendemain, toujours la même réponse :

« Tu n'as pas vraiment refusé. »

Et puis, il y a eu d'autres copains… toujours sous couvert d'alcool et drogues. Les lendemains étaient plus douloureux que l'acte en lui-même. Impossible de me souvenir de ce que j'avais fait, ni avec qui. Je n'avais personne à qui en parler, on m'aurait demandé : « Avez-vous dit non ? » Je ne pouvais pas répondre à cette question. Bien sûr que j'avais dit « non ». Chaque fois, je disais « non », puis soit il se mettait en colère, soit il m'humiliait, soit il me reprochait de ne pas l'aimer. Alors, je me laissais faire. Plus j'étais dans un état déplorable, plus je me donnais à ses amis, plus il m'aimait. C'était un cercle vicieux ! Un jour, après une nuit passée chez lui, où je ne me souvenais de rien. Il attendait mon réveil, le sourire aux lèvres. Il me montrait des photos de moi droguées et nues dans différentes positions.

« Maintenant, tu m'appartiens, tu vas faire ce que je te dis, si tu ne veux pas que je mette ta chatte sur le net. »

Envahie par un moment de panique, et un sentiment de honte.

— Mais je pensais que tu m'aimais.

— Justement, je t'aime plus que tout au monde. C'est parce que je t'aime que je fais ça, je veux que tu prennes du plaisir avec d'autres hommes. On est unis par le sexe toi et moi, c'est plus fort que tout. Je pensais que toi, tu m'aimais !

— Mais je t'aime, je t'aime vraiment, je te le jure.

— Tu me regardes comme si je te forçais à faire des choses horribles. Alors que moi, j'ai l'impression de vivre une belle histoire d'amour. À chaque fois, c'est toi qui finis par y aller.

L'enfer commençait, bien sûr, je ne savais pas à ce moment-là que c'était de la prostitution. Je l'ai compris, le jour où je l'ai vu recevoir de l'argent. Une fois seulement, il m'a donné cinquante euros. Pris d'euphorie, il m'a prise, serrée fort dans les bras, il m'a dit que j'avais été merveilleuse, il m'embrassait dans le cou. C'était une chaîne sans fin, je devais me droguer pour supporter, mais dans cet état je ne savais pas dire le fameux « non ». Au bout de quelques mois à peine, j'étais devenue un mort-vivant. Le mot est juste : morte à l'intérieur, vivante à l'extérieur. Il n'y avait aucun moyen de m'échapper à cela. J'ai eu une illumination, en augmentant les doses, je finirai par mourir réellement. Je l'aimais du plus profond de mon être, mais je ne me supportais plus. Il fallait en finir avec la vie.

J'allais mourir pour que cela s'arrête. Au moment même où j'avais décidé de quitter la terre, la vie s'est installée en moi.

J'avais un retard de règles, je suis donc allée au planning familial avec une éducatrice. Après discussion, et prise de sang, le résultat était positif. Il fallait prévenir le père. Cette annonce lui a provoqué une colère intense.

« Quoi ? Mais qui te dit que c'est le mien, tu baises tout ce qui se passe !

— Tu m'as dit qu'ils ont tous mis des préservatifs.

— Oui, mais bon, il y en a un qui a pu claquer non ?

— J'ai la trouille.

— De toute façon, tu ne vas pas le garder ?

— Bien sûr que non, tu viendras avec moi ?

— Ouais, ouais, tu me diras la date. »

J'ai eu le premier entretien avec une gynécologue, il n'est pas venu.

« Donc on m'a dit que vous hésitez à avorter.

— Je n'hésite pas, je veux avorter.

— D'accord, on va déjà faire une échographie pour s'assurer que tout va bien.

— On s'en fout que tout va bien puisqu'il va partir.

— C'est la procédure, et je n'y peux rien moi que vous êtes dans cet état. Allongez-vous. »

Je m'exécutais :

— Vous entendez son petit cœur bat correctement. Bon, on vous laisse une semaine pour réfléchir. Prenez rendez-vous auprès de ma secrétaire. Nous vous donnerons d'abord des cachets, vous viendrez le matin, et repartirez en fin de journée quand vous l'aurez expulsé.

Je suis sortie en détresse ! Bien sûr, le jour de l'avortement, il n'était pas là. Il était avec sa copine qu'il n'avait pas encore quittée. Au moment de prendre le cachet, j'ai senti des bulles dans mon ventre, j'ai supplié la gynécologue de refaire une échographie. Je n'ai pas su le faire partir. Quand je lui ai annoncé, il m'a répondu :

— Je te préviens, si tu le gardes, tu peux tirer une croix sur moi.

Ce petit asticot de quelques millimètres venait de mettre fin à mon calvaire. En lui sauvant la vie, il sauvait la mienne. Mais je ne me voyais pas être mère, encore moins sa mère. J'allais l'abandonner à sa naissance, comme ma mère l'avait fait pour moi… C'est en reproduisant cet acte que je me suis interrogée sur la personne qu'elle avait pu être. La gynécologue m'avait envoyée à la maternité catholique où ma grossesse allait être accompagnée par une association. Le premier contact fut violent. Je les voyais toutes ces bonnes mères avec leur regard méprisant. Je n'en avais rien à faire. S'il fallait les supporter une heure par mois pour que les frais soient pris en charge… Et qu'en plus on me débarrasse du bébé à sa naissance… Évidemment que j'allais jouer le jeu. Et puis, l'une de ces pimbêches m'a paru sympathique. Forcément, après plusieurs rendez-vous, je commençais à être impatiente de la retrouver. Elle était institutrice, elle dégageait amour et bienveillance. Elle ne faisait pas de cinéma elle. Elle ne me jugeait pas. La grossesse ne se passait pas très bien, et le bébé était en danger. Enceinte de cinq mois, on m'envoyait à l'hôpital. Je n'avais aucune angoisse, puisque je n'avais aucun amour pour cet enfant. L'instit, comme je l'appelais, venait me voir tous les jours. J'ai d'abord apprécié ses visites avant d'aimer le bébé. Un dimanche, fin d'après-midi. L'instit me parlait de Dieu. J'étais allongée sur mon lit, et je l'écoutais attentivement.

— Dieu, il m'a abandonnée à ma naissance.

— Ce n'est pas lui qui t'a abandonnée.

— Ce sont mes parents ?

— Peut-être les a-t-il guidés sur cette voie pour que tu aies une vie meilleure ?

— Une vie meilleure ? la blague ! Je vous ai déjà raconté ce qu'était ma vie… Comment aurait-elle pu être pire ?

— J'ai été élevé par une mère alcoolique, je devais constamment m'occuper d'elle, nous n'avions jamais d'argent. J'ai grandi en ayant très faim. Je ne dis pas que ma vie était pire que la tienne, mais quand on a des parents dépendants on préférerait ne pas en avoir du tout.

— Comment vous vous en êtes sortie ?

— Une dame du secours catholique faisait de l'aide aux devoirs après la classe. Elle a été ma référence maternelle, ensuite je me suis rapprochée de l'église et je ne me suis plus jamais sentie seule.

— Malheureusement, il est trop tard pour moi, j'aurais aimé vous avoir comme référence maternelle, ma vie aurait été différente.

— Il n'est jamais trop tard pour aimer et se sentir aimé. Ce petit être qui est dans ton ventre n'attend qu'une chose : t'aimer. Pour lui, tu pourrais être une référence maternelle, en l'aimant son destin va changer et le tien aussi.

— Je ne sais pas… Mais je suis certaine d'une chose : nous n'allons pas reproduire le schéma familial.

— Que veux-tu dire ?

— J'attends un garçon, même si je le laisse être adopté, il n'aura pas la même vie que moi.

— Une raison de plus pour l'aimer ! Je t'ai dit que j'aurais aimé avoir un garçon ? Mes jumelles m'ont apporté énormément d'amour. Avoir un petit garçon sera toujours ce rêve inachevé.

— Adoptez le mien, j'aurais la certitude qu'il sera dans une bonne famille.

— Tu me fais rire. Cet enfant est le tien. Dieu l'a mis sur ton chemin pour une raison. Savoure ce cadeau du ciel… Un jour, Dieu m'offrira des petits fils.

— Comment réagira-t-il quand il apprendra que sa mère était une prostituée ?

— Ce que tu as fait, Dieu va te pardonner, un père aime ses enfants. Peu importe les erreurs qu'ils commettent. Il faudra te pardonner. Surtout, n'en parle jamais à ton fils. Il n'a pas besoin de le savoir. Un jour, il aura un père, tu lui réinventeras une belle histoire.

Cette nuit-là, je cogitais, ses paroles tournaient en boucle dans ma tête, et j'ai senti un coup. C'est pile à ce moment-là que j'ai compris que je l'aimais, et pour la toute première fois de ma vie j'étais prête à me battre.

Les jours et les nuits se suivaient, d'un ennui presque mortel. L'instit continuait ses visites, elle me parlait en tricotant, je ne me préoccupais pas de son tricot, nos discussions étaient tellement intéressantes. Au cours de mon sixième mois, on m'infligea une voisine. Je regrettais ma solitude, et avec quelqu'un à mes côtés nos conversations avec l'instit devenaient de plus en plus rares. Ça me manquait. Ma voisine était quand même sympa, elle avait vingt ans, mais physiquement elle paraissait plus jeune que moi. Le père du bébé se sentait trop jeune pour assumer le bébé. Elle avait décidé de l'élever seule. Mais… une mère célibataire dans la famille, ça ne faisait pas bon genre. Seuls son frère et sa sœur ne lui avaient pas tourné le dos. Mais elle s'en fichait. Elle parlait sans cesse de son fils, elle l'appelait déjà par son prénom. C'est sûr, elle l'avait aimé depuis le début. J'en étais jalouse. Les picotements dans le ventre qui font se sentir mère je ne les avais pas eus. Tout était prêt pour son fils, elle avait hâte de le serrer dans ses bras, elle avait tout abandonné pour lui, même ses études. Elle avait trouvé un appart, mais jurait que c'était temporaire. C'est certain qu'elle était déjà une bonne mère. Elle n'a jamais su que durant ces quelques semaines de présence elle avait été mon modèle. Je voulais être une mère célibataire forte comme elle. Je voulais des projets pour mon fils. Je voulais croire en l'avenir. C'est ça qui la faisait tenir, elle n'avait pas besoin de drogues, d'alcool ou de cigarettes pour se sentir bien. Il lui suffisait juste de penser à la vie qu'elle allait offrir à son bébé pour se sentir pousser des ailes. Moi je commençais seulement à aimer le mien. Je n'avais aucun projet pour nous, je n'avais même pas de prénom ! Heureusement, la voisine partit au bout de quelques semaines, et ne fut pas remplacée. J'ai pu en parler souvent avec l'instit, ça devenait même notre principal centre de discussion. Elle était convaincue que Dieu allait m'aider à faire les bons choix concernant mon enfant. J'espérais qu'il ferait son travail correctement à l'avenir. Car jusqu'ici, il ne m'avait pas beaucoup aidée dans les choix que j'avais faits. Elle m'a simplement répondu que Dieu nous met sur la voie, mais ne prend aucune décision à notre place. C'était à moi de décider de l'aimer et de ressentir sa présence pour ne plus jamais être seule. Et si je décidais de lui refuser son amour, il allait continuer à mettre des pierres sur mon chemin jusqu'à ce que je décide de m'en servir pour me sortir du gouffre. Même si je ne les vois pas, elles seront là, tout comme l'amour qu'il me porte. Son discours était très beau, mais alors pourquoi avait-il attendu toutes ces années pour que cette dame incroyable soit ma première pierre ? L'instit avait réponse à tout, et m'a dit d'un ton convaincu :

« Je suis sans doute la première que tu remarques, mais je ne suis pas la première qu'il t'envoie. Tu as certainement passé ton chemin sans voir les autres.

— Ben comme vous êtes la première personne à me parler de lui, je suis certaine de ne pas en avoir rencontré d'autres. »

Elle croyait dur comme fer que Dieu n'envoie pas que des chrétiens, et ne sauve pas que ceux qui ont la foi. Il sait reconnaître les personnes qui ont un bon cœur, et celles qui ne l'ont pas.

Quand je lui ai demandé ce que c'était vraiment d'être chrétien, elle m'a répondu :

— C'est aimer, tout simplement aimer.

Ce jour-là, j'ai décidé de faire baptiser mon fils après sa naissance. C'était mon premier projet pour lui, le début d'une grande série. Je ne savais pas trop ce que ça voulait dire, je n'avais même jamais mis les pieds dans une église, mais je voulais qu'il devienne chrétien qu'il aime et soit aimé de Dieu. S'il grandissait au sein de l'église, il ne connaîtrait jamais cette solitude qui me ronge, il aurait une belle et grande famille. Les jours suivants, je demandais à l'instit de m'amener une bible, et le Nouveau Testament. À la suite de cette lecture, mon fils s'appellerait Thomas, saint Thomas. Je n'avais pas fréquenté assez longtemps l'école pour réellement comprendre ces ouvrages. J'en avais tellement honte que lors de nos discussions j'étais toujours d'accord avec son point de vue. À la vue du prénom, Thomas, j'ai ressenti une chaleur dans mon cœur. J'aimais, et m'amusais à le prononcer. Peut-être était-ce Dieu qui m'aidait à trouver le prénom de mon fils. Peut-être qu'en croyant en lui, j'arrivais maintenant à ressentir ses appels. Thomas, mon fils, Thomas…

J'arrivais au huitième mois, j'allais bientôt sortir de la maternité. Et rejoindre le foyer en attendant l'accouchement.

J'avais enfin trouvé un prénom pour l'enfant que je portais. Thomas existait, il vivait en moi, et j'allais lui donner la vie. J'étais mère ! Cette nuit-là, je m'endormais en pensant à la douce et belle vie que j'allais lui construire. Je l'aimais enfin plus que tout.

« Ça y est, tu sors demain ?

— Oui, et j'en suis heureuse, mais nos conversations vont me manquer. On se reverra ?

— Bien sûr, tu vas accoucher ici. On se reverra après la naissance de Thomas. Que vas-tu faire maintenant ?

— Je vais préparer l'arrivée de mon fils, lui faire une valise, lui acheter un joli doudou, des livres, je vais décorer notre chambre au foyer. Je n'ai pas de portable, mais je vous ai noté sur ce papier l'adresse et le numéro du foyer. Je voudrais que Thomas ait la foi comme vous. Moi je ne pourrais pas lui parler de dieu, je ne le connais encore que très peu.

Je lui tendis la feuille pliée en quatre.

— Merci, tu es une belle personne, et je suis certaine que tu seras une bonne mère. Je te promets de te rendre visite. Prends soin de toi, et de Thomas. »

Après une grande accolade, j'ai rejoint les éducateurs dans le couloir, une nouvelle vie m'attendait, j'étais heureuse. Si seulement le temps avait pu s'arrêter à cet instant…

Après la naissance de Thomas, ma vie s'est transformée. J'avais quelqu'un à aimer. Il était un bébé calme et souriant, je passais mes journées à l'embrasser, le regarder, le câliner. J'étais une bonne mère, j'en suis convaincue ! Je regardais les autres mamans, et je les imitais. Mais si je voulais lui offrir une vie meilleure, il fallait travailler, et quitter le foyer mère enfant. L'instit m'a aidée à obtenir un logement social. Un appartement minuscule qui ne possédait qu'une chambre, ça m'était égal, nous avions notre chez nous. J'ai trouvé un boulot de serveuse dans un bar près de la tour Eiffel. Les trajets pour m'y rendre étaient interminables. Je devais donc confier mon fils à une voisine marocaine qui était douce et bienveillante. Tous les dimanches, j'allais à la messe avec Thomas, je lui avais même acheté une petite croix que je lui mettais autour de son cou. Il avait un père : Dieu. Et une famille : l'église. Rien ne comptait plus. Quant à moi, j'étais en manque d'amour, d'amour physique. J'avais aussi besoin de tendresse. J'ai commencé à rêver au prince charmant. Le bistrot marchait plutôt bien, le patron avait donc décidé d'embaucher une personne de plus. Mon nouveau collègue allait donc être un nordiste, plus âgé, qui avait de l'expérience des bars. Quand je l'ai vu, j'ai eu un coup de foudre. Il était beau, doux, et fort. Sa façon de me parler et de prendre les choses en main m'inspirait sécurité et amour. Il ne cessait de me dire à quel point j'étais merveilleuse et courageuse. Je méritais mieux que cette vie. J'ai cru que Dieu me l'avait envoyé. Notre premier baiser contenait tellement de passion, que le soir, toute confiante, j'ai dit à Thomas : « Nous allons être une vraie famille : papa, maman et le bébé. » Très vite, nous nous sommes mariés, et il a reconnu mon fils comme étant le sien. Mon bébé et moi méritions d'avoir une vie heureuse, j'y ai cru. Puis, comme mon mari me trouvait trop bien pour ce métier, il m'a proposé d'arrêter de travailler pour m'occuper de notre fils. Les deux mots résonnaient dans ma tête « notre fils ». Ça me disait bien d'être mère au foyer. Je m'imaginais m'occuper de Thomas, de la maison, et attendre mon petit mari autour d'un repas que j'avais cuisiné avec amour. C'était ça pour moi la définition du bonheur, prendre soin de ma famille. J'ai rencontré ma belle-famille quelques jours avant notre mariage. Le portrait que m'en avait peint Jonathan n'était pas très positif. Pendant son enfance, il avait beaucoup souffert du manque d'amour. Il avait dû arrêter l'école très jeune, après la mort de son père pour s'occuper de sa mère et de sa sœur. En guise de remerciement, sa sœur a voulu le tuer lors d'une crise d'hystérie. Je l'avais convaincue de lui pardonner, et de passer à autre chose. J'étais présente pour lui désormais, et rien au monde n'allait nous séparer. À ma grande surprise, j'ai découvert une famille différente de ce qu'il m'avait raconté. Ma belle-mère était agréable et prévenante. Bien que plongée dans un profond chagrin depuis le départ de sa fille, elle nous a accueillis, Thomas et moi avec chaleur. Ma belle-sœur avait fait l'effort de venir pour l'occasion. J'ai découvert une femme épanouie et souriante. Toutes les deux ont tout de suite aimé mon fils, et c'était réciproque aujourd'hui encore, il y a un lien très fort entre mon aîné et sa grand-mère. Même si nous n'étions pas nombreux, nous avons eu un beau mariage à l'église. Il n'y avait pas que l'amour de Dieu que je ressentais, celui aussi de ma nouvelle famille.

Quelques mois après notre mariage, Jonathan a voulu que nous nous rapprochions de sa mère. Elle vivait seule, et sa sœur n'avait aucunement l'intention de s'occuper d'elle. J'étais folle de joie, moi qui n'avais pas la chance d'avoir une mère. Nous avons trouvé une jolie maison dans le centre-ville de Cambrai. J'étais habituée aux petits espaces, j'avais le sentiment de vivre dans un château. Jonathan avait trouvé un emploi dans un bar, il rentrait donc tard dans la nuit, parfois même le lendemain matin. Je ne lui ai jamais fait de reproches, je savais à quel point son travail était prenant. Il envisageait même de racheter le bar après le départ en retraite de son patron. Il était un employé modèle. Ça demandait beaucoup de sacrifices. Pour se faire pardonner de ses absences, il m'offrait des cadeaux, beaucoup de cadeaux. Thomas avait deux ans quand je suis tombée enceinte des jumeaux. Mon mari était aux anges, je lui offrais des fils. La grossesse s'est passée différemment, je n'avais jamais autant reçu d'amour. Ma belle-mère s'occupait de moi comme une mère, et Johanna comme une sœur. Même si elle était froide et distante avec sa mère et son frère, avec moi, elle était chaleureuse. Elle faisait le plus d'allers et retours possible entre la Charente maritime et le nord. Thomas était beaucoup attaché à sa tante. Nous avions une belle vie… Des jumeaux c'est quand même beaucoup de travail, et contrairement à leur frère ils étaient loin d'être calmes. Jonathan qui travaillait la nuit a commencé à avoir du mal à les supporter. Il criait beaucoup pour qu'ils se taisent. Il me renvoyait l'image de la mauvaise mère qui s'occupe mal de ses enfants. Il y a eu ensuite la première crise. Je ne sais plus quel en était le sujet, il m'a poussée violemment. Il s'est excusé. Je lui ai dit que ce n'était pas grave. Il était fatigué. Moi je n'étais pas à la hauteur. Ce n'était pas sa faute : comme il ne s'est rien passé de tel durant plusieurs mois, j'ai oublié cet épisode malheureux. Puis il y a eu la première gifle, puis la seconde, et ça ne s'est plus arrêté. Jamais devant les enfants, c'est peut-être pour ça que je ne suis pas partie. Enfin, si quelques années après, j'ai essayé, j'ai voulu le quitter, quand il est passé au poing. À cette période, il tenait deux bars dans le centre-ville, nous n'avions aucun problème financier, enfin je crois, je n'avais jamais eu accès aux comptes. J'ai pris les enfants, et je suis partie chez ma belle-mère. Je n'ai pas voulu dire ce qu'il se passait, j'ai juste mentionné que notre couple n'allait pas très bien. Comme elle n'avait pas envie de s'en mêler, et de se mettre son fils à dos, elle m'a convaincue de rejoindre le domicile familial. La fois suivante, je suis allée me réfugier chez une amie qui m'avait presque convaincue que je subissais des violences. Il a fait une tentative de suicide. Lui causer cette souffrance m'a arraché le cœur. Je suis revenue auprès de lui, pour apaiser sa douleur. Plus le temps passait, moins j'avais d'amies… elles se mêlaient trop de notre couple. Quand tout allait bien, nous étions heureux, c'était un bon mari et un bon père. Mais quand il allait mal, qu'il fût triste ou fatigué, il devenait violent. Il me terrifiait. Mais ce n'était jamais devant les enfants. Pourquoi leur infliger la douleur d'une rupture ? Plusieurs fois, j'ai demandé de l'aide à ma belle-mère. Il ne me restait qu'elle. Elle me disait souvent : « Ah tu sais les hommes… » Alors je dédramatisais ce que je vivais… Et puis ce n'était pas tous les jours, je n'étais pas une femme battue, c'était juste quand il n'allait pas bien. Je le répète : jamais devant les enfants !

J'étais enceinte de Brandon, les grands dormaient chez leur grand-mère, quand j'ai compris qu'il n'était plus l'homme que j'avais aimé. J'étais fatiguée, et j'avais refusé un câlin. Il s'est emporté. Il m'insultait de salope. Et a fini par me dire que l'enfant que j'attendais n'était pas de lui. Il hurlait aussi que je claquais son argent dans tout et n'importe quoi. Si nous devions vendre la maison, ce serait à cause de moi. Je ne comprenais plus rien. Il m'a frappée avec tout ce qu'il trouvait sous la main : une chaise, un verre, une assiette, des bouteilles, des chaussures. Je me souviens avoir perdu connaissance, et être revenue à moi le lendemain matin. Il m'avait laissée là, gisant sur le sol. Je le répète : jamais devant les enfants. Mais quand j'ai vu leur regard lorsqu'ils m'ont vue dans cet état j'ai compris qu'il fallait que je parte ! Pour que j'évite le déplacement, nous avions convenu avec ma belle-mère qu'elle me ramène les enfants. Je n'avais pas eu le temps de me relever quand elle a ouvert la porte. Tout de suite, les enfants se sont jetés sur moi. Ils étaient terrifiés. Je criais en pleurant :

« Non ! Sortez, sortez ! Vous ne devez pas me voir comme ça. Mamie, faites-les sortir s'il vous plaît. »

Elle a compris que son fils y était pour quelque chose. Elle a appelé sa fille, et nous a déposés à la gare. Dans le train, les gens nous regardaient étrangement, plusieurs fois le contrôleur me demandait : « Tout va bien, madame ? » Je n'avais jamais eu aussi honte de ma vie. Johanna et ses amies m'ont soignée, et nous ont cachés le temps que je reprenne des forces. Ça a duré un peu plus d'un mois, avant qu'il ne me retrouve. Quand il a débarqué dans la chambre d'amis de cette grande maison, mon corps tremblait de frayeur, j'ai cru qu'il allait me tuer. Mais ça ne s'est pas passé comme je le pressentais :

« Tu m'as fait beaucoup de mal, tu sais. Si tu étais restée à la maison, je t'aurais soignée. Je sais que j'ai été trop loin, et que je n'aurais jamais dû te faire ça. Je n'étais qu'un sale type. Ces dernières semaines, j'ai rencontré une femme qui me fait sentir meilleur. Je l'aime, et je veux construire ma vie avec elle. Je te laisse la maison, et la garde des enfants. Je vais vivre ici quelque temps, ensuite je trouverais quelque chose sur Paris. Maman est au courant, elle t'aidera. Ne pleure pas, ça ne sert à rien, regarde ton corps, dans quel état tu m'as poussé à le mettre. Je n'arrive même pas à te regarder. »

Un message de Johanna vient interrompre ma lecture.

« Nous sommes d'accord pour rencontrer votre ami, demain en fin d'après-midi, nous serons toutes les trois présentes. Mais cela ne change en rien notre décision. Bonne soirée.

Johanna et Marie-Anne »

Stéphanie

En faisant scintiller notre lumière, nous offrons aux autres la possibilité d'en faire autant.

Nelson Mandela

La nuit a été longue, je n'ai cessé de penser au calvaire qu'a subi Delphine. À cette emprise que les hommes avaient sur elle jusqu'à la rendre responsable des horreurs qui lui ont fait subir. Après le message de Johanna, je n'ai pas su reprendre ma lecture. Puisque sa décision est définitive, je pense reprendre la route ce soir, ça ne sert à rien de rester ici. Je continuerai de lire cette lettre à mon retour. Je placerai les enfants dans des foyers, avec de la chance les petits iront dans de bonnes familles d'accueil. Il est encore tôt. Face à cette défaite, je n'ai pas le courage de me lever. J'essaye de me rendormir, quand des tambourinements dans la porte me font sursauter. Ça ne peut pas déjà être Franck, il m'a envoyé un message aux alentours de six heures du matin, pour me prévenir qu'il prenait la route. De mauvaise humeur, je vais ouvrir. Je me retrouve face à une grande blonde, aux yeux bleus rieurs, une copie conforme de sa sœur, le seul trait qui la différencie sont ses fossettes dans le creux des joues quand elle sourit.

« Madame Bernos ? Je suis la jumelle de Marie Anne, excusez-moi de débarquer à l'improviste, mais il fallait que je vous voie.

— Pouvez-vous m'attendre au bar à côté ? Je prends une douche vite fait et je vous rejoins.

— Pas de problème, je vous commande un café ? Vous semblez en avoir besoin.

— Volontiers, merci, noir et sans sucre. »

Je me hâte de la rejoindre, depuis le début de cette enquête, elle est la seule à être venue de son propre chef, au moins une qui ne semble pas sur la défensive. Peut-être un dernier espoir auquel je peux me raccrocher.

Je la rejoins un quart d'heure plus tard, une tasse de café, et quelques croissants attendent sur la table. Contrairement à sa sœur, elle a tout de la Parisienne, cheveux mi-longs coiffés d'un brushing parfait, tailleur haute couture, talons aiguilles, I phone dernier modèle à la main où on voit ses ongles parfaits, et un ordinateur est ouvert devant elle. Je m'avance vers elle en m'excusant. Elle referme son ordinateur, et pose son portable. Elle me toise, et répond :

« Je vous en prie… Madame Bernos, je ne tournerai pas autour du pot. Je dois retourner à Paris demain au plus tard. Ma sœur m'a contactée il y a quelques jours. Elle m'a dit que vous recueilliez des informations pour mettre l'autre psychopathe en prison. Je vous apporte un témoignage de plus.

— Je ne suis ni inspectrice ni avocate, je suis ici pour trouver une solution pour les neveux de votre belle-sœur.

— Et c'est tout ? Lui, on va le laisser poursuivre sa vie, et en tuer une autre ? Qu'est-ce qui va nous garantir qu'après nos témoignages, il ne récupérera pas les enfants, et ne viendra pas nous tuer ?

— Rien ne peut le garantir… Mais aux vues des témoignages que j'ai déjà recueillis, on ne peut pas le laisser les récupérer. S'il est accusé du meurtre de sa femme, il faudra trouver une solution, et je la cherche.

— C'est quoi ce merdier ? Elles vous ont parlé, elles ont confiance en vous, ne me dites pas que vous vous êtes donné tout ce mal pour des suppositions ?

J'accepte l'évidence. Ce dossier ne se terminera pas comme je le souhaiterais, ce qui accentue ma mauvaise humeur.

— Je crains que si… écoutez… Delphine n'avait pas de famille, vous pouvez vous battre pour elle, et pour les enfants. Mais vous semblez toutes obsédées, à croire que même en prison, il continue de vous diriger. Aujourd'hui, c'est Delphine, demain ce seront peut-être les enfants, mais eux, tout le monde se fiche de ce qui pourrait leur arriver.

— Elles ne vous ont pas tout dit, c'est ça ?

— Johanna, Christine, Marie Anne et Delphine… à sa façon… se sont arrêtées quand vous l'avez caché chez votre tante. »

Elle porte sa tasse de thé à ses lèvres, puis la repose. Elle soupire.

— Je vais vous donner mon témoignage. Je suis Stéphanie Dupuis Fleury, la sœur jumelle de Marie Anne, si elle vous a raconté son enfance, je passerai ce détail, nous avons vécu la même. J'habite au cœur de Paris, pas loin de Montmartre, j'adore cette ville depuis toujours, où je me déplace essentiellement à pied. Je suis loin d'être écolo, la raison est que j'ai toujours eu une sainte horreur de conduire. J'éprouve un grand soulagement quand je peux éviter de prendre ma voiture. Mes parents habitent en banlieue chic, mais j'ai coupé les ponts avec eux quand ça a dégénéré avec ma sœur. Il fallait choisir un camp, j'ai choisi mon double. Ma mère nous a profondément aimées, je n'ai aucun doute là-dessus, mais sa paroisse passait avant le bonheur de ses filles. Il fallait que l'on soit conforme à ce qu'elle attendait de nous. Je n'ai jamais suivi ce chemin, l'école et la bible m'ennuyaient. J'aimais créer, à seize ans j'ai tout abandonné pour une école de stylisme. La directrice était une grande amie de ma marraine, je fais partie des privilégiées. Mais j'ai tout de même ramé, du fait de mon jeune âge, et parce que j'étais une fille. Comme j'avais du talent, et que je ne comptais pas mes heures, j'ai su me faire un nom. Aujourd'hui, j'ai créé ma propre entreprise. Je serai bientôt à la direction d'une grande école, et cette fois sans l'aide de ma marraine. Jusqu'à ce que ma sœur commette le pire des péchés selon notre mère, j'étais l'Himalaya de la déception pour mes parents. Je ne leur en veux pas, ça me paraît tellement compliqué d'élever des enfants ! Je n'en ai jamais voulu, et je n'en aurai jamais. Ils représentent trop de sacrifices pour qu'au final ils choisissent un chemin différent de ce que l'on voudrait. Croyez-moi, c'est difficile de faire accepter le fait qu'on ne veuille pas d'enfants quand on n'a pas de problèmes mécaniques. Comme si se reproduire était le but ultime dans la vie d'une femme.

Lorsque j'ai rencontré Jonathan pour la première fois. Je venais de rompre avec mon petit ami. Ma tante avait appelé au bon moment pour me proposer un voyage en Italie, après quelques jours passés chez elle à l'aider dans l'entretien des maisons. Ces maisons étaient dans notre famille depuis plusieurs générations. Bien que je n'eusse jamais envisagé de vivre dans ce trou perdu, j'aimais y aller en vacances. J'aimais parfois être loin de Paris, et du mouvement, enfin… pour une courte durée seulement. La voix de ma tante m'inquiétait, j'ai donc accepté de m'y rendre. Ma sœur était dans ses préparatifs de mariage, je n'ai pas su l'amener avec moi. Je pestais parce que j'avais horreur de conduire, et que j'allais descendre seule dans ce trou. J'ai très vite fait la connaissance du voisin, je le trouvais trop mielleux pour être honnête. J'espérais au plus profond de moi que ma tante ne m'avait pas fait venir pour me caser avec cet homme, rien que son regard ne m'inspirait pas. Quelques jours après mon arrivée, j'ai fait connaissance avec la voisine d'une façon un peu… comment dire… particulière. J'étais dans la chambre, ou la salle de bain, je ne sais plus trop, quand j'ai entendu des cris. Je suis sorti pour en découdre avec l'hystérique qui agressait ma marraine. Elle venait de soulever son tee-shirt, son corps était maculé de bleus. Comment un frère pouvait faire ça à sa sœur ? Ce n'était rien à côté de sa femme enceinte. Elle nous a tout raconté, et j'ai compris qu'il la frappait pour savoir où était cachée sa femme. C'était sa mère qui avait vendu la mèche. Elle avait demandé à Johanna de tenir le coup pour protéger sa belle-sœur et les enfants. Et qu'il finirait par se lasser et rentrer chez lui. Il ne fallait surtout pas déposer plainte à la gendarmerie. Johanna nous a dit aussi que sa mère lui avait dit : « Je suis fière de toi, tu es une femme forte. » Avec Chris, nous n'avions pas compris pourquoi ça avait tant d'importance pour elle, cette phrase elle la répétait sans cesse. Nous nous sommes surtout demandé comment une mère pouvait exiger ce genre de choses de sa propre fille. Elle semblait plus terrifiée à l'idée d'envoyer son fils en prison, que de savoir sa fille morte sous les coups de son frère. Le pire était sans doute que Johanna dans la quête d'amour de sa mère semblait tout accepter. J'ai grandi dans l'amour et la tendresse, je ne pouvais imaginer le vide que ressent une personne qui n'a connu que souffrance, et violence. Néanmoins, elle avait raison, Jo est un sacré bout de femme, elle était prête à tout pour les sauver. Elle usait de ruses pour qu'il ne se doute de rien. Elle encaissait les coups et les humiliations sans jamais s'en plaindre. Tous les jours, elle allait voir les enfants chez son amie à La Rochelle. Il est arrivé que je l'accompagne, je me suis souvent demandé si elle avait eu une attirance pour l'amie en question, aux vues des regards qu'elles se lançaient. Elle sortait sa chienne tôt le matin, et tard le soir en revenant de son travail, c'était l'occasion pour elle d'aller voir Delphine, sans éveiller les soupçons. Elle redoublait de vigilance depuis que nous l'avions installée dans la maison de mes grands-parents. Il fallait la voir, avec sa chienne, un jour elle avait dit à son frère : *Tu touches à ma chienne, je te plante l'autre main,* en le regardant droit dans les yeux. Il n'a rien fait à Gaïka ce jour-là, je pense qu'il avait plus peur de se faire croquer, que de se faire planter. Parce qu'à un certain moment, il a arrêté de lever la main sur Jo, la chienne montrait les crocs, si elle l'avait chopé elle ne l'aurait pas lâchée. Nous avons appris la nouvelle avec un grand soulagement, c'était insoutenable, pour ma marraine et moi de savoir ce qui se passait dans la maison voisine sans pouvoir agir. Jo nous suppliait constamment de ne rien faire, elle disait qu'il serait capable de toutes nous tuer.

Peu de temps après, ma tante organisait son fameux apéritif dînatoire. Maintenant que nous savions qui était réellement le voisin, il aurait été plus raisonnable de tout annuler. Mais ma tante n'aime pas changer ses plans, nous l'avons donc supporté pendant plus de deux heures. Si je n'avais pas vu sa femme avant, je serais probablement tombé dans le panneau. Il avait une façon incroyable de manipuler. Il m'aurait presque fait douter de ce que j'avais vu. Son comportement avec sa sœur était également différent, il semblait prévenant, gentil, protecteur avec elle. Comment pouvait-on avoir deux visages si contradictoires ? Pour m'en défaire, j'ai fini par lui faire croire que j'étais lesbienne, ironie du sort… Bien après que les voisins sont repartis chez eux, j'ai voulu me promener sur la plage. Il faisait presque nuit, j'avais bu quelques verres de champagnes, mais je n'étais pas saoule. L'air frais me faisait du bien… J'ai retiré mes chaussures pour sentir le sable sous mes pieds. J'évacuais peu à peu cette journée éprouvante, l'image choquante de Delphine allongée sur le lit. Quand j'ai senti une présence derrière moi, je me suis retournée. Je ne distinguais pas très bien l'homme qui était devant moi. Il m'a attrapée par les épaules, m'a retournée pour que je ne puisse pas le reconnaître, et m'a plaquée contre le sol. Une main compressait fort ma nuque, pendant que l'autre soulevait ma robe. J'ai vite compris ce qu'il allait se passer, mais je n'ai pas cédé à la panique. Malheureusement pour lui, dans le but de rendre folle ma mère, j'ai pratiqué différentes disciplines d'arts martiaux pendant des années. Il retirait ma culotte, lorsque je lui ai attrapé le poignet dont la main me serrait, en enfonçant mes ongles dans sa peau, j'ai fait une pression assez forte au niveau de l'artère, puis j'ai tourné d'un coup sec pour lui casser le poignet. Ce mouvement a permis de me dégager, et de lui enfoncer mon pied dans les parties intimes. J'ai ensuite couru très vite, j'ai réveillé tante Chris en rentrant. Elle m'a tout de suite amené à l'hôpital puis à la gendarmerie. Où j'ai dû répéter à plusieurs reprises ce qui m'était arrivé. Tant d'épreuves pour qu'au final, un agent bedonnant proche de la retraite me dise : *Vous aviez consommé de l'alcool, vous étiez habillée d'une façon un peu provocante, vous avez frappé sur l'homme qui tentait de vous agresser. Bon, il ne vous a pas violé. Vous êtes jeune et jolie, oubliez cette histoire, passez à autre chose. Et évitez de vous promener seule la nuit, surtout si vous êtes éméchée !*

Il ne m'a fallu que quelques jours pour reconnaître mon agresseur à l'odeur de son eau de Cologne bon marché : Jonathan. J'aurais pu être terrifié. C'est vrai que des pensées suicidaires sont apparues, mon côté rebelle s'y est opposé. J'ai trouvé la force en moi pour aller de l'avant. Mais on n'oublie pas ce genre d'agression, des années après je prends encore des somnifères et des antidépresseurs pour m'endormir. J'en étais certaine, ce salopard c'était lui ! Parfois, je me demande s'il n'avait pas mieux valu qu'il me viole. On aurait eu son ADN, et j'aurais gagné en crédibilité. Mais encore une fois… Rien ne me garantit qu'on ne m'aurait pas dit que je l'avais cherché. Il n'y a que Christine qui connaît cette histoire, en parler était au-dessus de mes forces, même à ma jumelle. Puis, je devais me concentrer sur Delphine, maintenant que j'étais dans la confidence, je devais faire mon possible pour l'aider.

Chris, Jo et moi avions caché Delphine. On se relayait pour les soins. Au début, je ne cessais de dire qu'il fallait l'emmener à l'hôpital, déposer une plainte. Mais la principale concernée refusait systématiquement. J'avais beau lui dire de penser à ses enfants, elle avait le sentiment de les protéger en gardant le secret. Puis, ayant moi-même eu une mauvaise expérience des gendarmes, j'ai abandonné l'idée. J'étais présente comme je le pouvais. Delphine était une femme meurtrie, et encore le mot n'est pas assez lourd. Malgré sa grossesse, elle était amaigrie. Nous nous inquiétions pour le bébé. Elle a accepté de voir un médecin quand son visage n'était plus bouffi par les ecchymoses. Donc quelques jours avant son départ. Ses enfants étaient au centre de toutes les discussions. Parfois, nous arrivions à la faire sourire. Elle souffrait d'être loin d'eux. Après avoir fait quelques petites recherches sur internet, pour trouver des témoignages de femmes battues, je me suis dit que Johanna avait peut-être raison. Les services sociaux lui auraient remis sa femme et ses enfants. D'autant plus qu'en fuyant, et en cachant les petits, Delphine attirait les torts. Nous avons fait venir Marie Anne, ça n'avait pas été facile. Je n'aimais pas son fiancé, mais de voir l'autre ordure lui tourner autour me débectait à un point inimaginable. J'ai eu l'idée de retourner à Paris, pour essayer de convaincre Paul de venir quelques jours. Pendant ce temps, ma marraine était chargée d'informer ma sœur de la situation. Nous avions tout prévu, Marie Anne, avec sa douceur, elle allait réussir à la convaincre, et Paul allait représenter Delphine et les enfants. Nous allions soutenir cette femme que nous ne connaissions pas. Tante Chris s'engageait à prendre en charge tous les frais. Elle avait même proposé de lui louer la grande maison à un prix dérisoire, en attendant qu'elle recommence sa vie. Tout était tellement simple. Quand dans la vie on a eu comme seuls problèmes quelques déceptions amoureuses avec de gentils garçons, il est difficile d'imaginer que l'enfer n'est pas si loin. Absolument rien ne s'est passé comme prévu.

Comme convenu, j'ai prétexté un problème à l'atelier pour quitter la Charente maritime. Voilà que je faisais la route en sens inverse seule, encore une fois. J'ai eu du mal à obtenir un rendez-vous avec mon beau-frère. J'étais censée lui parler de la situation, lui dire que sa future femme était en danger. Je n'ai rien dit de tout ça…

« Je vous offre un voyage à Venise, en cadeau de pré-mariage.

— Je ne comprends pas.

— Écoute, Paulo.

— Paul.

— OK, écoute, ma sœur est plongée dans les préparatifs, toi tu bosses trop. Vous n'avez tout de même pas envie de ressembler à un vieux couple avant de dire oui ?

— On ressemble à un vieux couple ?

— Bah oui quand même, à ce rythme dans trois semaines, tu portes des cornes.

— Que veux-tu dire par là ?

— Tu es avocat, tu dois bien le savoir non ? Ma sœur est une belle femme, elle t'aime, mais tu lui manques. Tu pourrais au moins lui montrer un petit peu d'intérêt si tu ne veux pas qu'elle finisse avec un beau surfeur. »

Là-dessus, on s'est disputé et il m'a flanquée à la porte. Juste après notre entrevue, il avait eu ma sœur au téléphone, quelques jours après il préparait ses valises. Confiante, j'allais chez mes parents voir comment se portait mon chat. Chris m'informait de l'évolution de la situation presque instantanément. Cette nuit-là, je me sentais soulagée, ma sœur était enfin dans la confidence.

À toi de jouer ma blonde, pensais-je.

Nous avions misé sur sa force de persuasion, je pense que le fardeau était trop lourd à porter, même si on se le partageait. Ça devenait urgent de trouver une solution. Je n'arrivais pas à imaginer que Jo le subissait depuis sa naissance.

Le téléphone s'est mis à sonner, et la belle blonde a dû partir précipitamment. Décidément… nous avançons petit pas, par petit pas. Même si ça sort de mes missions, je dois aller jusqu'au bout, et comprendre ce qui leur est arrivé. Mon rapport ne servira peut-être pas à mettre les enfants chez leur tante, mais ils seront à l'abri. Je rentre à l'hôtel, avec un regain d'énergie, sûre de moi, et je retrace toutes mes interventions depuis mon arrivée. Il est quatorze heures quand Franck arrive, il loue une chambre dans le même hôtel, prend une douche. Ensemble, nous nous dirigeons chez Johanna et Marie Anne.

Gaïka

Dans la vie, le plus sûr des amis. Le premier à vous accueillir, le premier à vous défendre, celui dont le cœur honnête appartient pour toujours à son maître, qui travaille, se bat, vit et respire pour lui seul.

Georges Gordon

Les quatre femmes nous attendaient, y compris le petit Leopold qui s'amuse à faire courir Stéphanie, sa marraine chérie. Je ressens quelque chose de particulier pour cette famille atypique. Être heureux, juste en étant ensemble, voilà ce qu'elle m'inspire.

Le petit joue dans le salon en regardant son dessin animé préféré. Nous sommes autour de la table de salle à manger, Marie Anne s'installe après nous avoir servi de quoi nous désaltérer. Puis Franck brise le silence :

— Donc comme je vous l'ai dit, je suis avocat en droit de la famille, je m'occupe des affaires de la protection de l'enfance. Je représente Thomas Carpentier qui accuse son père de coups et blessures, un administrateur est chargé de le représenter pour les démarches administratives, les frais sont à la charge de l'état.

Un coup de poing raisonne sur la table, c'est Jo.

— Quoi ? C'est quoi cette histoire ? Nous n'avons pas eu toutes les informations.

— Je ne les ai pas moi-même, je repars demain pour entamer la procédure, son représentant a la charge de recueillir toutes les informations. Mais en effet, Thomas a subi de mauvais traitements.

Les quatre femmes échangent un regard de terreur.

— Si vous le voulez bien, je vais poursuivre, et nous y reviendrons après. Je peux également vous représenter si vous demandez à accueillir vos neveux chez vous. D'après le rapport de madame Bernos ici présente, vous semblez être une famille stable. Bien sûr, il est fort probable que le juge vous accorde un essai de quelques mois avec un accompagnement social. En ce qui concerne madame Carpentier, l'autopsie a révélé une mort par défenestration, sous emprise d'anxiolytiques. Elle présentait également des traces de coups dont les derniers dataient de deux jours environ. Elle est donc décédée par suicide, mais étant donné l'état de son corps qui montrait des mauvais traitements depuis au moins des années. Le juge d'instruction a décidé de placer monsieur Carpentier en détention provisoire jusqu'à la fin de l'enquête pour motifs : homicide involontaire, coups et blessures ayant entraîné la mort. Il y aura donc trois procès : pour le placement temporaire des enfants, pour agression physique et morale sur mineur de moins de quinze ans, et pour homicide involontaire dont une association de lutte contre les violences conjugales se porte partie civile. D'ailleurs, madame Carpentier les avait rencontrées. Ensemble, elles avaient constitué un dossier. Celui-ci a été remis à ma collègue qui est ici.

Son monologue terminé, un long silence pesant parcourt la pièce, brisé par Christine.

Franck est nerveux, il a balancé toutes ses informations d'une traite, mais son discours est clair. On sait désormais ce qu'il nous reste à faire. L'avoir à mes côtés me donne de la force, et je me sens de nouveau prête à me battre pour les enfants.

« Si je comprends bien, nous n'avons pas trop le choix, lance Marie Anne.

— Nous avons toujours le choix, répond Johanna avec dureté.

— Je ne sais pas si les accueillir ici est la meilleure solution, rétorque Christine.

— Vous vous souvenez de ce qui s'est passé la dernière fois que nous avons voulu les sauver ? lance Stéphanie.

— Oui, mais cette fois, nous serons dans la légalité, reprend Marie Anne.

— Et c'est la loi qui va nous protéger ? Qu'est-ce qui l'empêchera de venir avec un fusil et nous tuer une par une sous les yeux de Léo. »

La dureté de Johanna laisse place à la panique.

Franck et moi assistons à un match de ping-pong, chacune envoie ses paroles à une autre. Stupéfaits, nous ne comprenons pas trop ce qui se passe. Une chose est sûre, même en prison à des kilomètres d'ici, il continue à avoir du pouvoir sur ces femmes.

Johanna se lève d'un bon, si bien que sa chaise claque violemment en tombant. Le petit blond sursaute et court se réfugier dans les bras de sa maman.

« Pourquoi elle est comme ça maman Jo ?

— En ce moment, tes mamans sont inquiètes à cause d'un monsieur méchant. Mais elles sont très fortes. Que dirais-tu d'aller manger une glace sur la plage, pendant que tes mamans discutent ? intervient Stéphanie.

Il n'en fallut pas plus pour remettre un sourire sur le visage de cet enfant.

— Oh oui, marraine chérie, je vais chercher mon chapeau. »

Il ne reste désormais plus que nous. Pendant que Marie Anne et Christine posent des questions d'ordre juridique à Franck, je sors rejoindre Johanna assise au pied d'un pommier.

« On voit que votre petit bout n'est pas habitué de vous voir en colère.

— Il n'a pas à voir ce genre de choses, vous êtes la troisième assistante sociale à venir foutre le bordel dans ma vie. Je vous avais dit que je ne pouvais rien pour ces enfants, pourquoi vous insistez ?

Ses larmes sont sincères, elles m'arrachent le cœur.

— Parce que je sais que vous voulez les sauver, c'est la peur qui vous en empêche. Je ne vous abandonnerai pas, je n'ai rien pour le prouver, mais croyez-moi. Je ne vous lâcherai pas. Si vous m'avez livré votre témoignage, c'est que d'une certaine façon vous me faites confiance. Que s'est-il passé quand Jonathan a retrouvé votre belle-sœur ? Il lui a dit qu'il était amoureux d'une autre femme, qu'il lui rendait sa liberté. Comment en est-on arrivé là ? »

Recroquevillée sur elle-même, elle regarde longuement ses pieds avant de poursuivre.

— Bon… Je crois que je suis tombée amoureuse de Marie Anne petit à petit… J'ai d'abord eu une très forte envie de la protéger, je voulais la mettre dans une bulle, sa sensibilité me touchait. Sa culture me fascinait, elle avait fait du violon pendant des années, j'adorais l'écouter me parler de compositeurs que je ne connaissais pas. Un peu comme tout le monde, mes connaissances en musique classique se limitaient à Mozart et Beethoven. Nous discutions ensemble d'une manière naturelle, comme si nous nous étions toujours connues. Il y avait ce petit quelque chose d'indéfinissable. Puis, il y a eu des regards de plus en plus insistants, comme une attirance profonde qu'on refusait d'admettre. Ils étaient parfois accompagnés de petits gestes maladroits. Ses petits sourires gênés et le contact bref de sa peau contre la mienne me faisaient un effet terrible. Ce qui me faisait le plus craquer était sa façon de remonter ses lunettes avec son index. Plus on gagnait en complicité, plus il devenait difficile de ne pas se voir, et pour cela nous avions un beau prétexte : ma belle-sœur qui était souvent au centre de nos préoccupations. Elle était persuadée qu'on pouvait envoyer Jonathan en prison. Elle faisait des recherches, prenait des contacts. Marie Anne était une battante. Mais de l'autre côté de la barrière, moi, je ne voyais pas les choses de la même façon. Pour moi, se battre voulait dire se protéger, pour elle ça voulait dire affronter. J'attendais avec impatience que mon frère parte pour trouver une solution pour Delphine. Dans le fond, je savais que Marie Anne avait raison, qu'on ne pouvait pas la cacher indéfiniment. Mais je me refusais de l'admettre. Gaïka l'aimait bien, ma nouvelle amie a fini par remplacer Christine lors de nos longues promenades. J'avais la sensation que nous donnions l'image d'un couple, toutes les deux marchants sur le sable, la chienne qui faisait des allés et retours avec un bâton dans la gueule. Elle comprenait la place que cette boule de poils avait dans ma vie. Gaïka a été le premier être à me protéger. Quand Jonathan me frappait pour savoir où j'avais caché sa femme, elle montrait les crocs. Un jour, j'ai crié en tombant, elle lui a sauté dessus, et a refusé de le lâcher. C'est là que j'ai compris qu'elle était prête à donner sa vie par amour pour moi. Absolument, personne ne l'avait pas fait auparavant, même pas ma mère. Quand Jonathan a rencontré Marie Anne, il a arrêté de chercher sa femme. Il commençait à parler d'une nouvelle vie avec une autre femme. Il s'absentait de plus en plus. Je ne cherchais pas à savoir où il allait, mais comme il n'avait aucun ami, ça me paraissait étrange. Je suis tombée des nues quand j'ai découvert qui était l'heureuse élue. Je n'ai rien dit à Marie Anne pour la protéger. J'avais trop peur qu'il lui fasse du mal. J'en ai donc parlé à Christine qui m'a rassurée. Au bout de quelques jours, Stéphanie est revenue de Paris avec ses parents, des gens charmants, mais un peu pompeux. Ils avaient un appartement au bord de la plage. Comme ça allait être l'anniversaire de ma chienne, et que mon frère était parti quelques jours, j'ai proposé une petite soirée pour fêter ça.

À dix-neuf heures, tout le monde était présent, excepté Marie Anne, je trépignais d'impatience. Elle avait du retard parce qu'elle attendait son fiancé, qui avait finalement accepté de la rejoindre. Je savais que face à lui, je n'avais aucune chance, pourtant quand elle est arrivée mon cœur s'est emballé. J'avais des papillons dans le ventre, mes mains tremblaient, je transpirais. C'était très désagréable. Comment pouvait-on être aussi jolie ? Ses cheveux blonds étaient relevés par une pince, qui laissait dégager quelques mèches, ses yeux étaient légèrement maquillés. Elle était habillée d'un jean avec un top et des converses aux pieds. Il n'y avait rien de différent de sa tenue habituelle. Je me suis sentie très conne, avec ma robe et mes talons, trois heures pour réussir à me coiffer, et avoir un maquillage parfait. Le « moi débile » dans toute sa splendeur ! Elle s'est avancée pour me saluer, ses yeux pétillaient. J'ai voulu avoir l'air détaché, ne pas lui montrer que je l'attendais depuis une bonne vingtaine de minutes, comme je ne sais pas tricher, j'ai été complètement désagréable. La pauvre n'a pas dû comprendre ce qui m'arrivait. Ce jour-là, c'était clair pour moi : je devais absolument mettre des distances ! Si pour moi elle était une déesse, pour son crétin de Paul, elle était insignifiante. Il ne lui a quasiment pas prêté attention de la soirée. Elle semblait même s'ennuyer. Je me faisais violence pour ne pas aller la voir, c'était trop risqué. Nous avions passé la soirée à nous regarder, jamais trop loin, jamais trop prêts. Pour faire passer cette douleur, mélange de bonheur, nous avions pas mal bu à distance l'une de l'autre. Peut-être ressentait-elle le même sentiment dangereux, et ne voulait pas l'admettre ? L'air m'était pesant, j'étais partagée entre deux sentiments : j'avais envie qu'elle reste, mais aussi qu'elle parte. Vers deux heures du matin, les invités sont partis, excepté Christine et sa nièce qui voulaient m'aider à débarrasser. J'ai refusé, je lui ai dit de rejoindre son futur mari, et j'ai souhaité une bonne nuit à ma voisine après lui avoir demandé de claquer la porte.

Chris lui a aussitôt dit :

« Si tu retournes auprès de Paul, tu le regretteras toute ta vie. Crois-moi ! Il y a tellement d'amour entre vous deux que ça crève les yeux.

— S'il te plaît, tante Chris ne me dit pas ça. Je ne sais plus où j'en suis.

— Ne réfléchis pas, va la voir.

— Je ne peux pas être homosexuelle, pas moi.

— Ce n'est pas parce qu'aujourd'hui tu es amoureuse de cette fille que demain tu aimeras toutes les filles. Ce que tu ressens, tu le ressens uniquement maintenant et pour elle. Dis-lui ce que tu as sur le cœur, et vous trouverez une solution. Profite des quelques coupes de champagne que tu as bues pour avoir une discussion rationnelle. »

Une discussion rationnelle avec du champagne, c'est Christine dans toute sa splendeur.

Je venais tout juste de me déshabiller, et d'enfiler un tee-shirt quand elle a débarqué dans ma chambre.

— Il faut qu'on parle !

— OK, je n'aurais pas su répondre autre chose.

Je me suis assise en tailleur sur le bord de mon lit, et je l'ai invitée à s'asseoir à mes côtés. On s'est regardé longuement. Quand elle a voulu dire son premier mot, elle m'a embrassée. Son baiser était tendre et maladroit, je n'avais jamais rien connu de tel. Je voulais lui dire que c'était mal, que nous n'avions pas le droit de faire ça, mais je n'arrivais pas à décrocher mes lèvres des siennes. Je savourais ce délice. Quand nous nous sommes détachées, j'ai murmuré : « Embrasse-moi encore. » Même si je savais que nous allions le regretter. Nous nous sommes allongées, durant plusieurs minutes nous nous sommes enlacées, c'était doux. Petit à petit, nos mains se sont baladées, la température commençait à monter, ses doigts ont dévié en dessous de mon tee-shirt, un frisson m'a parcouru. Mes baisers sont descendus dans son cou, des petits gémissements sont sortis de sa bouche, elle était encore plus belle. L'alcool a au moins le mérite de donner du courage. J'ai passé une jambe au-dessus d'elle, et j'ai retiré son top. Elle portait un soutien-gorge en dentelle noir, je ne pouvais m'empêcher de la regarder. Il fallait que j'enregistre ce visage, ce corps dans ma mémoire au cas où plus jamais je ne vivrais quelque chose d'aussi beau. Je n'arrivais plus à calmer les battements de mon cœur, je les entendais tambouriner. Elle s'est légèrement redressée et a fait le même geste. Il était trop tard pour revenir en arrière, nous ne contrôlions plus rien, nous étions possédées par ce désir. C'était notre première fois avec une femme. Bizarrement, j'ai su quoi faire, ça m'a semblé même beaucoup plus naturel que de coucher avec un mec. Peut-être parce que nous ne couchions pas, nous faisions l'amour. Après ce plaisir charnel, je me suis endormie dans ses bras. Je me sentais pour la toute première fois en sécurité. Ce fut la première nuit où j'ai dormi d'un sommeil profond. S'il y a bien une chose que j'aurais dû retenir de mon enfance, c'est que baisser la garde peut être fatal.

Le lendemain matin, Jonathan est rentré, je ne sais pas ce qu'il cherchait, mais il est venu dans ma chambre. Il nous a trouvé nues dans les bras l'une de l'autre. Il a pris une photo avec son portable, et a refermé la porte. Nous nous sommes réveillées plusieurs heures après, nous sommes restées au lit pour profiter de notre amour. J'aurais aimé pouvoir dire que notre vie allait changer, mais c'était faux, même si nous avions envie d'y croire. Cela ne faisait aucun doute qu'elle m'aimait, mais elle ne pouvait pas annuler son mariage. J'arrivais trop tard, elle ne pouvait pas faire cet affront à Paul ni à sa famille. J'acceptais son choix. J'étais qui pour qu'on se batte pour moi ? Je ne valais rien aux yeux de personne, sauf ma chienne qui me vouait un amour inconditionnel. Qu'est-ce qu'elle aurait fait avec une nana qui traîne des casseroles depuis la naissance ? Il n'y avait vraiment aucune ressemblance entre sa famille et la mienne. Alors tant que nous étions dans cette chambre, nous pouvions être ensemble, eh oui… nous avons traîné à y sortir. Nous voulions que ça dure le plus longtemps possible. D'un coup, nous avons entendu la porte d'entrée claquer.

« Merde Jonathan, je l'avais oublié ce con. Qu'est-ce qu'on va dire ?

— Ne panique pas, on justifiera ma présence par une longue soirée entre filles qui s'est éternisée jusqu'au petit matin.

Je l'ai embrassée longuement une dernière fois, et je lui ai dit :

— Au cas où, ça ne se reproduirait plus jamais.

Bizarrement, Jonathan était introuvable, il n'y avait personne au rez-de-chaussée. J'ai donc accompagné Marie Anne jusqu'à la porte d'entrée. Nous avons échangé un long et savoureux baiser.

— Au cas où, ça ne se reproduirait plus jamais, a-t-elle dit, un sourire aux lèvres.

— Je t'aime Marie Anne.

— On ne peut pas s'aimer Johanna. »

Dans la journée, nous étions toutes réunies dans la chambre de Delphine qui semblait reprendre vie. Marie Anne est arrivée avec un peu de retard :

— Excusez-moi, j'ai eu du mal à me débarrasser de Paul.

Nous avons échangé un long regard amoureux qui n'est pas passé inaperçu.

Ma belle-sœur nous a appris que la veille pendant notre soirée, elle avait eu la visite de son mari. Elle se demandait qui avait pu la dénoncer. Mais ce n'était pas grave, Jonathan n'en voulait à personne, il reconnaissait ses erreurs. Il avait rencontré une femme, et voulait refaire sa vie avec elle. Il proposait un divorce par consentement mutuel.

Nous étions stupéfaites, c'était certain qu'il nous avait bien baratinées. Il était rentré dans notre jeu, pour nous suivre. Depuis le départ, il savait que j'avais caché sa femme, et aucun coup ne m'avait fait cracher le morceau. Marie Anne a aussitôt demandé :

« Où sont les enfants ?

— Il est parti les chercher, il les ramène chez ma belle-mère. Je l'ai eu au téléphone, elle est soulagée que tout s'arrange pour nous.

J'ai enchaîné :

— Que comptes-tu faire ?

— Je ne sais pas, je vais prendre le train et retourner à Cambrai. Ta mère a dit qu'elle allait m'aider, je ne tiens plus loin des enfants, ils me manquent de trop.

— Il y a un truc pas net, lâcha Stéphanie.

— Je suis d'accord, surenchérit Christine.

— S'il vous plaît, il faut me croire. Nous avons eu une longue conversation, il voit un psychologue qui l'aide à maîtriser ses actes. Ça me fait très mal de savoir qu'il a une autre femme, mais c'est peut-être mieux comme ça.

— Tu peux nous dire qui est cette femme ?

— Je ne sais pas, mais il est fou amoureux d'elle. Il dit qu'elle habite Paris, qu'elle est fiancée à un avocat, mais que c'est une question de jour pour qu'il ne se mette plus en travers de leur amour.

— Mon Dieu ! Paul ! a crié Marie-Anne.

Nous avions toutes les quatre très peur qu'il s'en prenne à Paul, voilà que j'allais devoir sauver mon principal rival. Je suis sortie, et je me suis assise au pied de mon pommier. Christine m'a rejointe.

— Putain, j'ai dû faire un truc pas clair dans une autre vie, pour que le karma s'acharne sur moi.

— Je reconnais que tu sembles attirer toutes les tuiles. Elle t'aime, laisse-lui le temps de tirer tout ça au clair.

— Tu es au courant ?

— Il faudrait être aveugle pour ne rien voir.

— S'il arrive quelque chose à Paul, elle ne s'en remettra pas et moi non plus.

— Que crois-tu qu'il aille lui faire ? Un homme qui bat des femmes est trop lâche pour s'en prendre à un homme. Il va essayer de briser le couple, mais il ne l'attaquera pas, il faut des couilles pour ça.

Pendant notre discussion, nous avons vu Marie Anne courir jusqu'à la maison de Chris, et à travers la fenêtre on voyait le couple se disputer. Paul est parti en claquant la porte.

Je voulais la rejoindre, mais je me suis dit qu'il était préférable de la laisser. Sa tante et sa sœur l'ont rejointe, je suis donc allée embrasser ma belle-sœur.

— Je vais partir travailler, tu es sûre de toi ?

— Ne t'inquiète pas, je n'oublierai jamais ce que vous avez fait.

— Ton train est à quelle heure ?

— Seize heures à la gare de Saintes. Christine m'y amène.

— Prends soin de toi et des petits. Ne me laisse pas sans nouvelles.

J'allais partir, quand :

— Jo ?

— Oui ?

— Vous faites un beau couple, je vais prier pour que Dieu vous protège.

— Prie pour qu'il te protège, Dieu ne protège pas l'amour entre femmes.

— Il protège tout le monde.

— Si… enfin… Peu importe la raison, tu seras toujours la bienvenue chez moi. »

Je suis allée saluer les filles pour les prévenir de mon départ, et les remercier.

« Ce que vous avez fait c'était incroyable !

— Tu crois vraiment à ses conneries toi ? me lança Steph.

— Elle a l'air d'y croire, c'est peut-être vrai pour une fois.

— Mes parents vont arriver, tu devrais partir travailler, me jeta Marie Anne avec une dureté que je ne connaissais pas. »

Le cœur brisé, je m'exécutais. Je me souviens avoir pleuré durant la demi-heure qui m'amenait sur mon lieu de travail. Je ne pensais qu'à elle, pourquoi tout était toujours si difficile pour moi ?

Comme convenu, Christine a amené Delphine à la gare. Je ne savais pas encore qu'une terrible dispute avait éclaté entre Marie Anne et ses parents. Stéphanie les avait raccompagnés à l'appartement, tentant d'apaiser les esprits. Laissant sa sœur seule avec son désarroi. Elle devait prendre une décision, et ne supportait pas la honte qu'elle infligeait à sa famille. En plein milieu d'après-midi, j'ai reçu une photo de Jonathan. J'ai tout de suite pensé : *Il manquait plus que lui ! Qu'est-ce qu'il veut encore ?* J'ai ouvert le message et un frisson de terreur m'a envahi. C'était une photo de Marie Anne et moi enlacées dans les bras l'une de l'autre. Comment avait-il eu ce cliché ? Le cauchemar n'allait donc jamais s'arrêter ! En remontant la photo, je vis : « À ta place, je me dépêcherais de rentrer. »

Marie Anne ! Non ! J'ai couru jusque dans ma voiture, je fonçais à toute allure. Ma rapidité était telle qu'en dix minutes j'étais arrivé. Je tambourinais chez ma voisine, en criant son prénom.

Marie Anne, les yeux gonflés, m'a ouvert la porte. Je lui sautais au cou.

« Tu vas bien ? Regarde ce qu'il m'a envoyé, j'ai eu peur pour toi.

— Je suis au courant, je ne sais pas comment il a fait, mais il a envoyé cette photo à Paul, ma famille, et à ta mère.

— Quoi ? Je ne comprends pas ?

— Paul va peut-être annuler le mariage, il a besoin de réfléchir. Et mes parents ne veulent pas me voir tant que je n'aurais pas vu un prêtre. Écoute, rentre chez toi, nous deux c'était une erreur, nous avions bu. Ce n'est pas ça l'amour. »

Encore une fois, je voulais la bousculer, mais je ne l'ai pas fait. Elle allait repartir à Paris, j'allais rester là, et nous allions reprendre le cours de notre vie. Dévastée, je suis rentrée chez moi. Ma chienne ne m'a pas sauté au cou, comme elle avait l'habitude de faire. Je l'ai cherchée dans toute la maison, elle était introuvable. Je suis donc sortie. Je criais son nom quand je l'ai entendue gémir. Une image d'horreur se trouvait devant mes yeux, ma pauvre amie gisait sur le sol, ses pattes et son museau étaient ligotés. En la libérant, je vis qu'elle avait reçu plusieurs coups de couteau, ce salopard avait torturé ma chienne.

Johanna termine cette phrase en suffoquant. Elle semble revivre la scène avec une douleur insurmontable.

Marie Anne nous a rejointes, elle s'est assise à côté de sa compagne, et la serre dans ses bras. Les deux femmes se protègent mutuellement. Cette pause me permet de respirer. Jo ne se sentant pas en état de continuer, c'est Marie Anne qui poursuit le témoignage :

— J'allais à ma voiture de location quand j'ai entendu hurler. Je n'ai pas réfléchi, j'ai accouru. Je n'avais jamais rien vu d'aussi horrible, Jo était allongée sur sa chienne presque inconsciente. Elle ne cessait de crier : *Gaïka ! Gaïka ! Je t'en supplie*. Je suis allée chercher la voiture, et je l'ai rassurée. Je connaissais un bon vétérinaire à La Rochelle. Il allait la sauver. Nous avons porté la chienne pour la déposer sur la banquette arrière. Jo s'est installée avec elle, j'ai conduit comme une folle tout en essayant de joindre la clinique vétérinaire pour prévenir de notre arrivée. Sur place, la chienne ne gémissait plus, elle ne bougeait plus, je lui ai touché les pattes. D'une voix tremblante, j'ai dit :

« Je suis désolée, tu sais en général ce n'est pas très bon quand les pattes sont froides. »

Jo était pleine d'espoir. Elle m'a répondu, tant qu'elle respire, il y a de la vie. Je suis rentrée dans la clinique et je suis revenue avec le vétérinaire. Nous avons porté sa chienne jusque l'intérieur, il l'a auscultée, posé une perfusion. Jo a retiré son gilet, pour le poser délicatement sous la tête de Gaïka qui ne la quittait pas du regard. Le vétérinaire nous a dit que la chienne était dans un état critique. Il était peu probable qu'elle survive à l'intervention. Nous devions abréger ses souffrances immédiatement ou tenter l'opération.

Elle n'a pas réfléchi, et a répondu du tac au tac :

« Il faut tout tenter pour la sauver, s'il vous plaît, sauvez là. »

Elle a caressé son crâne une dernière fois. Leurs regards se sont fixés. Et elle a compris que sa meilleure amie lui faisait ses adieux. Nous sommes sorties. Le corps de Jo tremblait dans mes bras. Je ne savais plus quoi faire pour la rassurer. La sentir anéantie m'arrachait la poitrine. La voir se battre de cette façon pour sa chienne, m'a mis une grosse claque dans la figure. Je n'avais jamais vraiment eu de bataille à mener, et je ne savais même pas me battre pour l'amour que je ressentais pour elle. Alors je lui ai murmuré à l'oreille : *Je t'aime.* Elle m'a répondu :

« On ne peut pas... »

Je lui ai dit qu'on n'en avait rien à faire, et je l'ai embrassé. Elle m'a demandé :

« Au cas où ça ne se reproduirait plus jamais *?* »

J'ai souri. Puis le vétérinaire est arrivé, Jo s'est mis à paniquer, ça faisait à peine vingt minutes que nous étions dans la salle d'attente. Il nous annonçait la nouvelle que nous redoutions tant. Les lésions étaient trop importantes, Gaïka était déjà trop affaiblie. Son cœur s'est arrêté de battre, dès qu'elle s'est endormie. Johanna était trop effondrée pour réagir. Je me suis chargée de régler les factures. J'ai aussi récupéré le collier et le bandana rose.

Marie Anne marque une pause. On ressent de la douleur lorsqu'elle pose les mots sur cet acte ignoble et gratuit. Jo, qui jusqu'à présent avait le regard dans le vide, revient à elle. Et continue le témoignage d'une voix tremblante, pleine de douleur :

— J'ai appelé ma mère pour lui dire ce que son fils avait fait, elle m'a répondu que j'avais volé la femme dont il était amoureux. J'ai explosé, et j'ai hurlé.

« Quelle femme maman ? Il est marié !

— Il allait divorcer, et il était déterminé à changer. Il avait d'ailleurs pris rendez-vous avec un psychologue pour être un homme meilleur. J'ai vu la photo, comment voulais-tu qu'il ne soit pas en colère. As-tu pensé à Delphine ? Et aux enfants ? Tout le monde aurait été heureux, si tu n'avais pas couché avec la femme qu'il aimait.

— Il a torturé et tué ma chienne maman, et tu me parles d'une photo, de Delphine et des enfants.

— As-tu des preuves qu'il en est l'auteur ?

— Maaamannn !

— Ton frère peut être dur je sais, mais de là à s'en prendre à un animal, en plus il en avait peur de ta chienne.

— Tu ne m'aimeras jamais ! Écoute bien ce que je vais te dire, c'est très important. À partir d'aujourd'hui, vous êtes tous morts, je n'ai plus de famille. Il peut arriver n'importe quoi, que ce soit à toi, Delphine, ou les enfants je ne veux pas le savoir. Vous ne faites plus partie de ma vie. »

Après cette conversation, je n'ai plus vu ma mère. Excepté pendant la grossesse de Marie Anne, et quand j'ai entamé une thérapie. Nous sommes allées la voir, et elle avait accepté de venir à une séance avec ma psy. Mais il était hors de question qu'elle loge sous le même toit que nous, nous lui avions payé le billet de train et une chambre d'hôtel. Elle m'a paru avoir cent ans. J'ai rompu les liens, et il m'était impossible de lui pardonner. D'autant plus que quelques minutes après avoir raccroché, j'ai reçu un texto de mon frère : « La prochaine fois, réfléchis à deux fois avant de te foutre de ma gueule. Tu as de la vaisselle dans l'évier. » Je lui ai répondu que j'allais le crever, que tôt ou tard il payerait.

Un long silence se fait de nouveau sentir, puis Jo se lève, nous propose de rentrer boire un verre d'eau. Christine et Franck n'ont pas changé de place, et continuent leur discussion sans nous prêter attention. Quand il capte mon regard, Franck me lance un sourire réconfortant. Jo les rejoint, l'avocat doit s'entretenir avec elle. Marie Anne me propose d'aller faire quelques pas dans le village, elle voudrait aller jusqu'au bout du témoignage.

Marie-Anne

Je ne sais où va mon chemin, mais je marche mieux quand ma main serre la tienne.

Alfred de Musset

— J'ai eu peur, non pas du psychopathe qu'était le frère de Jo, mais de ce qu'elle représentait pour moi. C'était impossible, je ne pouvais pas être amoureuse d'une femme, pas moi. J'avais beau prier très fort, je n'arrivais pas à l'effacer. Elle était constamment présente dans mes pensées. Mais la réaction qu'avait eue ma mère me revenait sans cesse : *Si tu te mets avec cette femme, tu ne pourras jamais avoir d'enfants. Ce n'est pas ce que tu veux, je te connais, je t'ai vue grandir. Tu rêves de devenir maman.* Elle n'avait pas tort, je n'aurais pas imaginé ma vie sans enfants. Je suis donc retournée à Paris, après une dépression de quelques semaines, j'ai décidé de reprendre contact avec mes parents. Je n'étais pas comme Jo, je ne pouvais pas tirer un trait sur ma vie d'avant, elle avait été tellement belle. J'ai promis à ma mère que je ne la reverrais plus. Je me suis excusée en disant que je ne savais pas ce qui m'était arrivé. Je pense qu'à ce moment précis, je pensais vraiment ce que je disais. J'ai tout de même refusé d'aller voir le prêtre de notre paroisse, j'avais honte. Je ne sais pas si j'arriverais à expliquer ce que je ressentais vraiment. Avec Johanna, je me sentais différente, je n'étais pas dans la retenue ou la peur du regard de l'autre. Comme si elle avait fait sortir celle que je suis vraiment, celle que je cachais au fond de moi. Et paradoxalement, j'avais besoin d'être la personne que je m'étais façonnée. Le regard de ma mère a toujours été vital pour moi. J'étais perdue entre ses deux moi qui se battaient pour savoir laquelle j'allais choisir. Mon côté raisonnable a remporté la première manche.

Après de longues discussions avec Paul, nous nous sommes remis ensemble. Mais nous avons annulé le mariage, c'était trop tôt. Je n'ai pas su le dire à Johanna, c'est Christine qui m'a servi de messager. J'étais très lâche, et je sais qu'elle en a énormément souffert. Après un tel évènement, ma relation avec Paul était différente. Au début, il se méfiait tout le temps, ça en devenait même humiliant. Je ne pouvais plus avoir une discussion avec une amie sans qu'il ne se pose des questions. Jusqu'au jour, où je lui ai clairement dit que s'il ne me faisait pas confiance, il était inutile que l'on reste ensemble. D'autant plus qu'à part son travail rien d'autre ne comptait. Je ne me voyais pas passer ma vie à l'attendre sagement dans l'appartement. Il a eu peur que je parte, et a donc fait un effort. Puis, il est devenu insistant, me demandant assez souvent si je n'étais pas intéressée par un plan sexe à trois avec une autre fille. Cette proposition me mettait très mal à l'aise. Il pensait que j'étais sûrement bisexuelle, et que de réaliser son fantasme me déculpabiliserait. On choisirait la femme ensemble, un peu comme on choisit un nouveau meuble. Il avait déjà parcouru des sites et me montrait des photos. Ce serait notre petit secret, notre preuve d'amour. J'étais outrée, et j'ai fini par ne plus lui adresser la parole durant plusieurs jours. Mais je ne l'ai pas quitté, ça aurait provoqué un nouveau scandale dans ma famille.

J'ai aimé Paul, puis une femme, cette femme ! Pourquoi aux yeux de mon petit monde, ma relation avec Paul était perçue comme de l'amour pur, alors que ma relation avec Johanna était considérée comme de la luxure. Pour mon fiancé, un plan à trois avec un homme avant ma rencontre avec Jo n'aurait jamais été envisageable. Mais avec une femme, après cette découverte devenait excitante. Mes sentiments étaient réels, mais je ne savais pas les protéger. Durant cette période, je ne ressentais aucune saveur à embrasser Paul ou à faire l'amour avec lui. Parfois même, c'est elle qui était dans mon esprit, je n'ai pas détesté cette image pendant les moments intimes.

Un peu plus d'un an après être revenue sur Paris, je commençais à avoir un nouvel équilibre, avoir un bébé revenait beaucoup dans nos discussions avec Paul. Je n'avais plus de contact avec Jo. Les seules nouvelles venaient de tante Chris. Après notre relation, Johanna a découvert son identité homosexuelle, elle a eu quelques petites amies, et avec la dernière ça semblait être du sérieux. Ma tante trouvait quelque chose à dire chez toutes ses copines. Aucune n'était à la hauteur de sa voisine. Chaque fois, je recevais un coup de poignard dans le cœur. Mais elle méritait le bonheur, et je me forçais à croire que j'étais heureuse pour elle… Elle avait fait lire un conte à tante Chris qui avait été subjuguée, et s'est démenée pour lui trouver une maison d'édition. D'ici quelques mois, son premier conte pour enfants destiné à son neveu Thomas, allait sortir. Mais il ne fallait surtout pas qu'on sache qu'elle en était l'auteur. Elle avait proposé à ma tante de se faire passer pour l'écrivain. Ce qu'elle a bien sûr refusé, pour lui proposer d'écrire sous un pseudonyme. Ainsi sa famille ne reprendrait pas contact pour lui sous tirer de l'argent si ça venait à fonctionner. Ma tante avait vraiment beaucoup d'affection pour elle, c'était un peu comme si elle était l'enfant qu'elle n'avait pas eue. Johanna voyait en elle la mère qu'elle aurait aimé avoir.

Un lundi en fin de journée, je m'apprêtais à rejoindre Paul au bureau quand mon téléphone sonna. Pensant qu'il m'appelait pour me prévenir qu'il aurait du retard, comme à son habitude j'ai décroché sans regarder le numéro qui était affiché. J'ai reconnu sa voix tout de suite…

« Bonjour Marie Anne, c'est Johanna, je suis désolée de te déranger, mais c'est important.

Mon cœur tambourinait, je ne savais pas si sa voix me procurait du bonheur ou de la douleur. Je ne savais pas quoi répondre, alors :

— Bonjour Johanna, comment vas-tu ?

— Marie… Je t'appelle à propos de Christine, il faut que tu viennes.

Et elle s'effondra en larmes. La panique s'est emparée de moi, je parcourais l'appartement dans tous les sens, le téléphone à la main.

— Que s'est-il passé ?

— Nous avons eu un accident de voiture, elle a eu un traumatisme crânien, elle est dans le coma. Je… Je suis désolée.

— J'arrive ! »

Par maladresse, je lui ai raccroché au nez. Le lendemain matin, nous arrivions en famille au centre hospitalier de La Rochelle. Papa, maman et Stéphanie dans la Mercedes S500 noire aux vitres teintées. Paul et moi dans ma BMW série 3 coupe blanc qui contrastait la voiture de mes parents.

Nous avons couru dans le hall de l'hôpital. C'est moi qui ai ouvert la porte de la chambre, et ma première vue a été Johanna. Assise aux côtés de ma tante branchée par un nombre incalculable de tuyaux. Elle avait coupé ses cheveux très courts, à la « garçonne » ce qui faisait ressortir ses beaux yeux. Elle avait repris du poids, ce qui la mettait en valeur dans son jean Lévis, et son tee-shirt « ACDC », ce style lui allait vraiment bien.

Quand nous avons échangé un regard, j'ai pensé : *Mon Dieu, elle est encore plus belle.* Je sais que c'est assez malvenu dans ce genre de circonstance, mais c'était plus fort que moi. Elle hésitait à nous approcher, elle ne savait pas comment réagir. Puis à la vue de tante Chris, j'ai mis une main sur ma bouche, j'allais m'effondrer. Aussitôt, Paul m'a pris dans ses bras. Mes parents regardaient Jo d'un air mauvais. Pour eux, elle était forcément fautive. C'est Stéphanie qui se montra la plus humaine avec elle, elle s'est approchée, lui a fait la bise, en mettant une main son épaule.

« Comment vas-tu ?

— Quelques ecchymoses, mais ça va merci.... Elle tourna son regard vers ma tante.

— Que s'est-il passé ?

— J'avais un rendez-vous ici à La Rochelle, mais ma voiture ne démarrait pas. Christine a donc proposé de m'accompagner. L'éditrice que je devais rencontrer est une de ses amies. Nous sommes reparties tard, j'ai voulu reprendre le volant, mais elle a refusé. D'un coup, elle a perdu le contrôle de la voiture, je me suis réveillée dans cet hôpital. J'ai aussitôt demandé des nouvelles, les infirmières me disaient qu'elle n'arrivait pas à vous joindre. Ils m'ont gardée vingt-quatre heures en observation. C'est à ma sortie que j'ai pu avoir de vraies nouvelles. Je vous ai prévenu dès que j'ai pu.

— Vous ne pouviez pas prendre le train ? Donner un numéro aux infirmières, plutôt que d'attendre ? Vous n'êtes qu'une profiteuse !

— Maman arrête s'il te plaît, elle n'y est pour rien ! la coupa Stéphanie.

— Maintenant, vous pouvez sortir, nous sommes sa famille, nous resterons auprès d'elle. Reprenez votre petite vie. Lança ma mère en direction de Johanna, ce qui me provoqua une vive réaction.

— Maman ! Tu es injuste, tante Chris a besoin de nous tous.

— Je vous laisse en famille… »

Le visage abattu de Johanna a disparu. Elle ne m'a même pas lancé un regard en fermant la porte. Nous n'avions jamais vu notre mère aussi dure et injuste. Comme nous avions les doubles des clés, Stéphanie, Paul et moi avions investi la maison de notre tante. Papa et maman passaient la nuit à l'hôpital, le lendemain nous allions nous relayer.

Il était tard, Paul avait ouvert son ordinateur pour y travailler dans le salon. Avec Stéphanie, nous déballions nos bagages, mon regard fut attiré par la maison d'en face, où je vis Johanna enlacer sa copine qui venait de la rejoindre. Mon cœur se serra aux souvenirs de nos premiers instants. La voix de Stéphanie me sortit de cet affect.

« Maman a été injuste avec elle.

— Je suis d'accord Steph, on devrait lui parler.

— Attend un peu que Marraine ouvre les yeux, tu vas voir le savon qu'elle va lui passer.

— J'ai hâte de voir ça ! Mais en attendant, on ne peut pas laisser Johanna comme ça, elle fait partie de sa vie, je dirais même plus que nous.

— Tu as raison, tu penses qu'il se fait tard pour que j'aille lui parler ?

— Regarde, elle n'est plus seule. Appelle-la plutôt, je vais te donner son numéro.

— Ce soupir… ce regard… Tu l'aimes encore ?

— Quoi ?

— Je suis ta jumelle, personne ne te connaît mieux que moi. Paul est quelqu'un de bien, mais ce n'est pas ça ta vie. Il faut que tu ouvres les yeux ! Déjà quand nous étions petites, tu préférais venir ici qu'être à Paris, tu te plaignais de la pollution. Contrairement à moi qui ne pourrais pas vivre ailleurs. Je ne sais pas quoi te dire, mais tu dois faire ce qui est bon pour toi, ça fait un an et demi que je te vois coincée dans une vie qui n'est pas la tienne. Sois-toi, bordel ! On s'en fiche pas mal de ce que les autres pensent, tu ne feras souffrir personne à être heureuse. Bon peut-être Paul au début, mais il souffrira moins que de passer sa vie avec une femme amoureuse de quelqu'un d'autre. Quels que soient tes choix, je serai toujours là, mais je ne veux qu'une chose : ton bonheur. Viens sécher tes larmes dans mes bras, excuse-moi, je ne voulais pas te faire pleurer.

— C'est trop tard de toute façon, elle a une petite amie.

— Et alors ça ne veut rien dire ça, tu sais mon stagiaire Victor, il vivait avec une femme. En ce moment, il vit une belle histoire d'amour avec son meilleur ami, et ils vont bientôt avoir un enfant.

— Comment est-ce possible ?

— Sort un petit peu de ta bible, nous ne sommes plus au moyen âge. Bon, je l'appelle ou je lui envoie un texto ? Un texto, et suivant sa réponse je l'appellerai. »

Caché derrière la porte, Paul avait suivi toute la discussion, et les jours qui ont suivi, il s'était montré distant avec moi sans que je ne comprenne pourquoi.

Ma sœur avait envoyé un texto à notre voisine : « Bonsoir Johanna, c'est Stéphanie, je tenais à m'excuser de l'attitude de ma mère tout à l'heure. Comment vont tes ecchymoses ? J'espère que tu ne souffres pas trop. Est-ce que je pourrais t'appeler pour te donner des nouvelles de Christine ? »

À peine le message envoyé, qu'elle reçut une réponse : « Merci beaucoup Stéphanie, tu n'y es pour rien. Tu peux m'appeler quand tu veux, ou passer me voir, nous ne sommes pas si loin.

Johanna »

J'étais encore devant la fenêtre quand Stéphanie me proposa de l'accompagner chez Johanna. : Égoïstement, j'ai refusé, ça m'aurait fait trop mal de la voir avec sa copine. De ce que m'a dit ma sœur à son retour, Jo l'avait bien accueillie et Céline sa petite amie s'était montrée discrète. Nous sommes allés nous promener sur la plage.

« Alors là sister, tu as toutes tes chances de reconquérir ta bien aimée, me dit Stéphanie d'un air enjoué.

— Arrête s'il te plaît, pense à Paul.

— Mais j'y pense ! Franchement, sa copine est complètement différente de toi ! Elle est si masculine que pour faire ça autant être avec un mec.

— Cela ne veut rien dire ça, c'est peut-être une fille bien, une fille que Jo mérite.

— Toi tu n'es pas une fille bien ?

— Moi je suis coincée entre deux vies, et je ne sais pas laquelle choisir.

— Putain, mais tu l'aimes ! J'en crève de jalousie, pourquoi faut-il toujours que tu sois si raisonnable ! Toujours aussi droite qu'un piquet. Tu ne t'autorises pas la moindre erreur, alors réfléchis. Parce que cette erreur dans quelques années tu la regretteras, quand tu réaliseras que tu n'es pas heureuse avec un homme que tu aimes sans plus. Que tu aies choisi de ne pas prendre de risques quand la vie t'offrait l'opportunité de vivre une chose exceptionnelle. »

Je l'ai su bien plus tard, mais lorsque nous nous relayons au chevet de tante Chris, Paul est allé voir Jo et a eu une longue discussion avec elle.

« Paul ? Que se passe-t-il ?

— Je voudrais m'entretenir avec vous… Puis-je entrer ?

Elle avait eu besoin de quelques secondes de réflexion avant de se décider à ouvrir la porte. Mais elle ne lui proposa ni de s'asseoir ni de boire quelque chose, cette visite n'avait rien d'amical.

— Je vous écoute…

— Marie Anne et moi nous nous aimons, nous désirons même avoir un enfant. Je me battrais pour elle.

— Bien… Bonne bataille ! Je vous souhaite beaucoup de bonheur à tous les deux.

— C'est tout ?

— Quoi, c'est tout ? Que voulez-vous que je vous dise ?

— Vous n'allez pas vous mettre en travers de notre chemin ?

— Pour quoi faire ?

— Vous l'aimez non ?

— Du calme Dartagnan, je n'irai pas vous affronter en duel. Si vous êtes venu pour vous rassurer, passez votre chemin, il n'y a rien à voir.

Paul mesura soudain l'absurdité de cette visite, son regard devint livide, il prit une chaise et s'y affala. Johanna continua :

— Écoutez Paul, si vous m'aviez dit que Marie Anne m'aimait, j'aurais tout tenté pour sauver notre amour. Mais je l'aime de trop pour l'enfermer dans une relation où elle ne sera pas heureuse. Vivre une histoire avec une femme qui n'est pas amoureuse, c'est comme avoir un oiseau dans une cage. Elle est présente physiquement, mais son esprit est ailleurs. Je préfère qu'elle soit heureuse avec vous, plutôt que malheureuse avec moi. »

Il y a plein de défauts que je pourrais reprocher à Paul, mais il n'était pas stupide. Il avait compris que je ne serais jamais heureuse avec lui, et il ne pourrait donc pas l'être. Il n'avait pas cherché à me garder à tout prix ni à me faire du chantage, ou je ne sais quoi. Pour la première fois de sa vie, Johanna faisait face à un homme blessé qui ne l'agresserait pas. Il ne l'assommerait pas de violences, d'insultes, et n'essayerait pas de la tuer. Cet homme ne lui faisait pas peur, dans d'autres circonstances ils auraient pu devenir amis.

Après cette visite, Stéphanie l'a déposé à la gare de Sainte, je ne l'ai plus jamais revu.

Quand ma tante s'est réveillée, elle a aussitôt réclamé sa petite voisine. Elle est partie dans une colère noire quand ma mère lui a dit qu'elle avait « renvoyé cette petite profiteuse chez elle », la flanquant ainsi à la porte de sa chambre. Mon père m'a appelée en quittant l'hôpital, il m'a dit que tante Chris était réveillée que je pouvais aller la voir. Ma mère et lui repartaient à l'appartement, et comptaient rentrer à Paris le lendemain. Je n'ai pas réfléchi j'ai foncé jusqu'à l'hôpital. Entre temps, Stéphanie qui avait reçu le même appel, avait prévenu Johanna, et l'avait suppliée d'aller la voir, en disant que notre tante la réclamait. Soulagée, j'ai traversé la cour de l'hôpital en courant, puis d'un geste décidé j'ai ouvert la porte. Encore une fois, c'est Johanna que j'ai vu en premier. Je me suis figé pendant que nous échangions un long et merveilleux regard. Ma tante venait de se réveiller d'un coma, et c'est Johanna que je voulais embrasser. Pendant ce temps, tante Chris nous toisait avec des yeux remplis de malice. Dès que nous avons repris nos esprits, j'assommais Christine de questions, je l'embrassais, j'étais tellement heureuse de la voir vivante. Stéphanie nous avait rejoints, son humour réchauffait la pièce. Chaque fois que mon regard se tournait vers Jo, je n'arrivais plus à le décrocher. Qu'est-ce qu'elle pouvait être belle quand elle riait ! Au bout d'une heure ou deux, nous sommes descendues ensemble. Je voulais lui dire combien je l'aimais, et combien j'étais désolée. Avec elle, je suis plus douée dans les actes, que dans les mots. Je l'ai donc embrassée, elle m'a aussitôt demandé :

« Au cas où ça ne se reproduit plus jamais ?

— Non pour que tu y prennes goût, parce que ça va se reproduire très souvent.

— Ah bon ?

— Johanna, je t'aime.

— Et Paul ? Tes parents ? Ta famille ?

— C'est toi ma famille maintenant, j'ai besoin que tu croies en moi.

— Je crois en nous. »

Le soir même, j'ai rejoint mes parents dans leur appartement en bord de mer. Ils n'avaient pas encore digéré l'attitude de ma tante, que je leur annonçais ma décision de rester ici avec Johanna. J'espérais qu'un jour ils comprendraient l'amour que nous ressentions l'une pour l'autre. J'aimerais pouvoir vous dire qu'ils se sont comportés comme les bons parents qu'ils avaient toujours été… Ils ont d'abord été consternés.

« Et Paul ? As-tu pensé à Paul ? À l'affront que tu lui fais en agissant de la sorte ?

Ensuite, ils m'ont reniée.

— Je te préviens si tu ne rentres pas à Paris avec nous tout arranger avec Paul, tu ne seras plus ma fille. Tu passeras ta vie à vivre dans le péché, et la perversion.

Cette dure parole est sortie de la bouche de la femme qui m'a mise au monde. À qui j'ai répondu :

— Maman, nous nous aimons. Qu'y a-t-il de pervers là-dedans ? Pourquoi ton amour pour papa est-il plus légitime que celui que je porte à Johanna ?

— Ne prononce pas le prénom de cette… de cette… cette…

— De cette quoi ? De cette femme dont j'admire le courage ? De cette femme qui me donne des ailes à chaque fois qu'elle pose ses yeux sur moi ? De cette femme dont l'amour m'enivre tellement que mon cœur bat à m'en déchirer les artères ?

— Arrête ! Tais-toi ! Nous ne voulons pas entendre ça, tu es possédée, ce n'est pas possible. Est intervenu mon père.

— Non ! Je ne suis pas possédée, et si je devais choisir entre elle et vous, c'est elle que je choisirais.

— Tu as fait ton choix, je te demande de sortir. A terminé ma mère. »

Pour ne plus me croiser, ils ont vendu l'appartement et passent désormais leurs vacances sur les plages de Saint-Tropez. J'imagine que ça a dû être compliqué pour mon père de changer ses habitudes. Je n'ai jamais demandé à Stéphanie de choisir entre eux et nous, ils l'ont fait. J'ai trouvé cela ahurissant. Ils pensaient certainement qu'en me privant de ma sœur jumelle je changerais. Ils ont perdu leurs deux filles, eux qui avaient toujours rêvé d'une famille nombreuse. Puis ils se sont très investis aux marches de la manif pour tous brandissant une pancarte « une maman, un papa ». Ils étaient tellement engagés que nous les avons vus passer à la télévision lorsque j'étais enceinte de Léopold. Je ne vous explique pas ce que j'ai ressenti. Ils parlaient d'amour contre nature, de leur fille qui avait été diabolisée. Heureusement pour eux, ils étaient soutenus par l'église, et leurs nombreux amis. Avant ma grossesse, nous avons essayé d'adopter, puis nous avons essayé plusieurs PMA en Espagne, pour enfin voir un aboutissement. Je pensais que la naissance de Léo arrangerait tout. Après cette annonce, ils nous ont harcelés voulant que l'on nous retire la garde de notre fils. Nous avons connu quelques mois de batailles juridiques où nous devions sans cesse prouver que nous étions de bons parents. Nous n'étions pas seules, tante Chris, Stéphanie, quelques amis nous ont apporté un grand soutien. C'était une période compliquée, Johanna paralysée par la peur de son passé avait entrepris une thérapie, qui l'avait plongée dans une profonde détresse. Elle l'avait fait pour Léo, et pour moi, cependant elle avait besoin d'une épaule solide. La mienne commençait à faiblir, j'avais besoin de ma mère et elle n'était pas là. Elle était devenue une personne que je ne reconnaissais plus, et c'était compliqué de l'accepter. Ceux qui pensent qu'une mère ne peut rejeter son enfant se trompent. Une mère est capable de tout, du meilleur comme du pire. Si vous allez voir mes parents, non seulement nous n'aurons pas la garde des enfants, mais en plus on risquerait de mettre une nouvelle fois notre petit amour au milieu d'une bataille stupide. En perdant mes parents, j'ai perdu une part de moi-même, je continuais à me rendre à la messe le dimanche, et à prier le soir. Johanna n'était pas contre de faire baptiser Léo, mais elle a bondi quand elle a remarqué que sur les papiers du baptême, seul mon nom y figurait. Comme si j'étais une mère célibataire, j'ai tellement insisté, qu'elle a fini par accepter. Le jour du baptême, dans l'église, elle a vécu l'humiliation de ne pas être considérée comme son parent au même titre que les pères présents. Le prêtre à qui j'avais caché la nature de la naissance de notre petit garçon nous regardait d'un drôle d'air. Ma compagne n'a rien dit, mais j'ai vu ce qu'elle ressentait. Depuis, j'ai arrêté de fréquenter l'église. Si Dieu ne trouve pas la force en lui d'aimer ma famille, je ne vois pas pourquoi je devrais l'aimer. C'était aussi une façon de rejeter mes parents, visiblement ils n'acceptaient toujours pas ma façon de vivre, je ne devais plus accepter cela.

Delphine

Et lorsque, toute seule ça se retrouve. Ça attend dignement qu'le firmament s'entrouvre. Et puis là, ça se donne le droit. De fermer pour la première fois. Les deux yeux à la fois.

Lynda Lemay

L'enquête touche à sa fin, le retour est prévu pour demain. Franck semble satisfait, mais pour lui le travail commence. Il va représenter Johanna qui a finalement accepté d'accueillir les enfants de son frère. Pour cela, il va demander un report d'audience, afin de préparer leur arrivée.

J'ai gagné la première partie, la deuxième consistera à prouver que le placement chez ce couple de femmes homosexuelles est le plus adéquat pour les enfants. Je n'ai pourtant pas le cœur en joie, je ressens une petite douleur de devoir quitter cette famille. Je m'y suis attachée. En devenant assistante sociale, on devient la gardienne des secrets des uns et des autres, et on choisit ce que l'on veut révéler, les informations qui serviront à l'audience. C'est certain d'être le témoin de l'histoire de ces femmes, je ne m'en sors pas indemne.

Pour notre dernière soirée, Franck m'a invitée au restaurant. Je me prépare donc pour l'accompagner aux trois étoiles de Marie Anne. Quand il vient me chercher, son regard est intense. Il y a longtemps que je ne me suis pas sentie aussi désirable.

Après avoir pris un café, et un digestif, nous décidons de marcher une dernière fois sur la plage royannaise. Comme il fait un peu frais, il pose sa veste sur mes épaules, ses mains s'y attardent. Nous continuons jusqu'à la tombée de la nuit. Je rentre à l'hôtel ressourcée, je m'allonge et reprends la lettre de Delphine :

Après avoir dit « au revoir » à mes protectrices, j'ai pris le train à la gare de Sainte, le cœur lourd, et l'esprit pleins d'espoirs. Durant le trajet interminable, tantôt j'angoissais, tantôt je me sentais libre. Jonathan sera toujours l'homme de ma vie, je l'aimais profondément, mais je ne pouvais plus continuer à vivre de cette façon. Il était tombé amoureux d'une femme qui le rendait meilleur, moi je ne faisais que sortir le mauvais en lui. Je ne le méritais pas. Je le poussais à me faire du mal. Pour la première fois, j'émis l'hypothèse que j'avais été séparé de mes parents pour qu'ils évitent de me faire du mal. Je les aurais sans doute transformés en monstres eux aussi.

Personne ne m'attendait devant la gare de Cambrai, j'ai donc pris le bus pour finir le trajet à pied. Arrivée devant chez ma belle-mère, les enfants m'ont sauté dans les bras. Ils étaient si heureux de me voir. Un flot de larmes coulaient sur mon visage. Ils m'avaient tant manqué, mes touts petits, mes amours, je les ai serrés très fort dans mes bras. Je les embrassais encore et encore, je respirais leur odeur. Ma belle-mère m'a conseillé de rentrer chez moi avec les enfants. Son fils était hospitalisé, quelques heures plutôt il avait tenté de se suicider. J'ai entrepris le chemin inverse, avec les enfants. Jonathan a été hospitalisé quelques mois, le temps de se remettre de sa dépression. J'ai compris ce qui se passait lorsque j'ai appelé Johanna, elle m'a tout raconté. J'ai su aussi l'horreur dans laquelle j'avais plongé les seules personnes qui avaient été là pour moi. Paradoxalement, les semaines qui ont suivi furent les plus belles de ma vie. Tout d'abord, j'ai réalisé que j'arrivais à m'en sortir seule avec les enfants. Et puis, je me suis sentie libre, je ne me rongeais plus les ongles, je n'avais pas peur. J'ai pris confiance. Jonathan est finalement revenu. Naïvement, je lui ai demandé ce qu'il envisageait, si je devais partir ou s'il partait. Le plus simple étant qu'il aille chez sa mère, le temps de se trouver un nouveau logement. Je m'étais inscrite à pôle emploi pendant son absence, je pensais faire une formation. Il m'a mis une grande gifle en pleine figure, et il est parti en claquant la porte. C'était la première fois devant les enfants. Le lendemain, j'étais convoquée au commissariat pour enlèvement d'enfants. Seule la version de monsieur avait été prise en compte : je souhaitais le quitter, et j'étais partie en Charente maritime où j'avais caché les enfants. À la suite de cet évènement, il a plongé dans une grosse dépression. J'étais revenue parce que je me retrouvais sans argent. Comme un sauveur, monsieur était prêt à retirer sa plainte si on trouvait un terrain d'entente. Avant que je parte, l'agent m'a rappelé une dernière fois que Monsieur avait des droits ! Il était certain qu'il ne me laisserait jamais partir avec les enfants. Durant les semaines qui ont suivi, il est redevenu fidèle à lui-même, alliant tendresse et violence, insultes et mots d'amours, cadeaux et reproches. Ma belle-mère s'est montrée de plus en plus distante, elle ne voulait rien savoir. Une fois que la porte était fermée, ça ne la regardait plus, ça ne regardait pas mes voisins non plus, ni notre médecin traitant, ni les mamans devant la grille de l'école, ni l'institutrice à qui mon fils avait confié que maman était maladroite parce qu'elle avait souvent des bleus. Vous devez vous demander comment j'en suis arrivée là ? Eh bien… les années ont passé de cette façon, puis j'ai eu deux autres enfants. J'entends souvent les gens dire que lorsqu'il y a des naissances, ça montre que le couple va bien. Je ne sais pas, je n'avais pas vraiment le choix. Avant-hier, il était tard, je regardais un film dans le salon avec Thomas quand j'ai entendu la voiture se garer dans l'allée. J'ai dit à mon fils d'aller se coucher, mais il voulait embrasser son père. Ce qu'il a fait, avant de rejoindre sa chambre. Mon mari a attendu que notre fils soit parti pour commencer à me gifler, il ne me frappait pas devant les enfants, ça n'est arrivé qu'une seule fois. Je savais qu'il était peu probable que Thomas se soit si vite endormi, je n'ai donc rien dit. Il m'a ensuite tirée par les cheveux, et jetée hors du canapé. Je restais toujours silencieuse, avec le temps j'avais appris à ne plus crier. J'encaissais les coups, avec un torrent de larmes, mais pas une seule fois je n'aurais réveillé mes petits. J'aurais préféré me couper la langue avec mes dents. Mais Thomas a eu une soudaine envie d'aller aux toilettes, et malgré lui, il a assisté à la scène. Sur le coup, il ne comprenait pas. Son père avait-il perdu la raison ? Était-il possédé ? Il ne l'avait jamais vu aussi violent. Quand il m'a vue allongée, presque inerte, il lui a foncé dessus pour nous séparer. Dans sa rage folle, Jonathan s'est retourné contre lui, s'en suivit d'une bagarre où Thomas a pris une terrible défaite. Après quoi, il m'a regardé et m'a dit :

« Regarde ce que tu m'as poussé à faire ! »

Il pleurait sur le corps de notre fils, puis il est parti et n'est revenu qu'hier dans la soirée. J'aurais dû protéger mon fils, mais je ne l'ai pas fait. Je n'ai pas su me relever pour m'interposer. J'ai regardé impuissante mon enfant encaisser courageusement les coups. La scène d'horreur se déroulait sous mes yeux, sans que j'arrive à bouger le petit doigt. Jusqu'à présent, je pensais être une bonne mère qui protégeait ses enfants, mais là je n'étais plus qu'une moins que rien. Par ma faute, ma chair, mon sang subissait cette violence. Cette nuit-là, j'ai pris ma décision, j'allais en finir avec tout ça, et protéger mes enfants. Hier, je suis allée chez ma belle-mère avec Thomas, je lui ai montré ce qu'elle ne voulait pas voir. Cette fois, c'était le corps de son petit-fils. Ça en était de trop pour la vieille femme, elle m'a accompagnée à l'association de luttes contre les violences faites aux femmes, où j'ai eu un long entretien avec la présidente. Thomas a également rencontré un médecin, nous allions porter plainte et demander une mesure d'éloignement. Je n'y croyais plus à tout ça. Je me fichais bien de savoir ce qu'on allait essayer de mettre en place. Je voulais une certitude ! Je suis ensuite rentrée chez moi, et j'ai vécu la plus belle journée de ma vie avec mes enfants. J'ai profité de tout leur amour, mais mon aîné était différent. Il a fallu beaucoup le rassurer pour qu'il se laisse aller. C'était important pour moi, j'avais besoin de voir son sourire une dernière fois.

Mon mari est à son bar, et les enfants dorment. Je suis passée dans la chambre de chacun et je les ai embrassés sur le front. J'ai préparé leurs affaires pour demain. D'ici une heure ou deux, je ne serais plus de ce monde. Mon mari aurait pu être un autre homme si je ne l'avais pas poussé à me violenter. Malgré tout, il était un bon mari, et un bon père. Je ne voudrais pas que vous pensiez le contraire. Avant de vous quitter, je voudrais vous dire que dans l'enveloppe il y aura une lettre pour Johanna, j'espère que c'est à elle que vous penserez quand il s'agira de me remplacer. Cette lettre j'aimerais qu'elle la lise à Thomas, Bryan et Dylan, Brandon, Steeve et Kelly le plus souvent possible. Dites-leur que je les aime plus que tout au monde, et que je ne cesserai jamais de les aimer.

Comprenez-moi, pour sauver mes enfants, je n'ai pas d'autre choix que de mourir.

Les larmes coulent, je range la lettre dans le dossier. C'était donc ça… elle a donné sa vie pour protéger ses enfants. Parce qu'elle avait la conviction que sans sa mort son mari n'irait pas en prison. Une phrase de Marie Anne me revient à l'esprit : « Une mère est capable de tout, du meilleur, comme du pire. »

Liliana

On a des mots pour dire une peine légère. Mais les grandes douleurs ne savent que se taire.

Sénèque

Le moment de notre retour est vite arrivé. Je suis la voiture de Franck sur l'autoroute, en me remémorant notre nuit d'amour. Après avoir lu la dernière partie de la lettre de Delphine, dévastée, j'ai couru, puis tambouriné à la porte de sa chambre. Tout est allé très vite. D'abord, il m'a embrassée, puis ses mains ont commencé à me déshabiller. J'ai freiné son élan, il y a longtemps qu'un homme ne m'a plus touchée. Je pensais ne plus avoir le droit aux frissons des ébats amoureux.

« Franck, arrête… Je ne suis plus une vraie femme, il me manque… je n'ai plus qu'un…

— Tu es plus que désirable à mes yeux, tu es mon amazone. Fais-moi confiance, je ne cesserai jamais de t'aimer… »

Nous avons passé une nuit magique où pour la première fois depuis mon cancer je me sentais réellement vivante.

Dans la voiture, une interview passe aux infos de midi, ce qui me sort de ma rêverie. La présidente de l'association *Toutes avec elles* est interviewée sur le thème des violences conjugales. Je l'écoute d'une oreille attentive, en espérant que ses actions seront d'un grand soutien lors des procès qui nous attendent. Au bout de plusieurs heures, j'arrive enfin à Cambrai. Je me dirige vers le centre-ville pour rejoindre ma solitude dans mon grand appartement. Franck contourne la place pour se rendre directement au tribunal. Il finira par obtenir un report d'audience, et gagnera quelques jours. De cette façon, Johanna et Marie Anne ont pu organiser leur arrivée. Pour commencer, elles ont revendu la maison à Stéphanie qui se réjouissait de l'avoir pour les vacances. Ainsi, elles ont racheté la grande maison familiale de Christine. Sans le savoir, elles réalisaient son rêve le plus fou, les avoir toutes autour d'elle. Elles savaient qu'elles n'auraient que des promesses de vente à présenter au tribunal, mais elles espéraient que cette démarche nous ferait gagner des points. Elles ont pris la route quelques jours seulement avant l'audience. Johanna ne désirait pas s'attarder, si elle avait pu éviter de se rendre sur place, elle l'aurait fait. Nous avons échangé pas mal de coups de téléphone, et de mails, elle a donc une vague idée de ce qui va se passer par la suite. Je sais qu'elle angoisse à l'idée de revoir sa mère et cette vie qu'elle a abandonnée. Mon rôle à présent est de l'accompagner. Les mains crispées au volant de son C Crosser, Johanna laisse défiler sa vie. Christine, assise sur le siège passager, regarde le paysage. À l'arrière, Léopold dort paisiblement dans son siège enfant, Marie Anne lui caresse les cheveux. Plusieurs fois, elle lui propose de prendre le relais, mais conduire l'apaise. Les filles ont préféré réserver deux chambres à la formule 1 dans la zone commerciale de Cambrai, plutôt que de dormir chez la mère de Jo. Une fois les bagages déposés, elles m'ont rejointe à la protection de l'enfance, où je les attends avec impatience. Comme Léo a besoin de bouger, et que l'entretien va nous prendre une bonne partie de l'après-midi. Christine a proposé de l'amener au jardin public, non loin du centre-ville où elles se sont garées. Le temps est agréable, le soleil est au rendez-vous, mais il ne fait pas très chaud. Marie Anne et Jo ont remonté les rues en marchant main dans la main. La jolie brune est ébahie de savoir se repérer après toutes ces années. Pourtant la ville lui semble avoir changé. Elle se laisse évoquer des souvenirs que sa compagne écoute avec amour et attention.

Elles arrivent enfin, je les accueille chaleureusement. Franck nous rejoint dans les minutes qui suivent. Je ne l'ai pas revu depuis notre dernière nuit à l'hôtel, mon cœur bat à tout rompre. Le regard que nous nous échangeons semble questionner les filles. Il me frôle par inadvertance. Un frisson me parcourt le corps. Je reprends mes esprits, nous devons préparer le couple aux audiences. Nous sommes confiants, la juge qui a en charge ce dossier est ouverte d'esprit. Je me questionne quand même… Pourquoi faut-il être ouvert d'esprit pour confier des enfants à une famille aussi équilibrée ? S'il s'agissait d'un couple hétérosexuel, nous ne serions jamais inquiétés de l'ouverture d'esprit du juge. Un homme avec une femme, une femme avec une femme, un homme avec un homme, où est la différence dans la façon de s'aimer ? Au bout de quelques heures d'échanges, et parce que j'ai passé une semaine avec elles, à les écouter jusqu'à dans leur intimité la plus profonde. Le côté humain prend le dessus sur le côté professionnel. Nous évoquons le passé, l'avenir presque comme des amis qui ne se sont pas vus depuis un long moment. Puis, il faut que j'aborde le sujet tant redouté :

« Avez-vous vu votre mère depuis votre arrivée ?

La jolie brune baisse les yeux.

— Elle sera sans doute présente le jour du procès.

Au moment même où Johanna lève les yeux, à ma grande surprise, Franck se lance dans un long monologue.

— Je retire ma casquette d'avocat, et je vous parle en tant qu'homme. Que ce soit Lisa ou moi, nous faisons un métier qui nous demande de la distance vis-à-vis des personnes que nous sommes amenés à accompagner, ou à défendre. Des familles, croyez-moi, nous en a avons vu. Certaines histoires nous ont plus touchées ou marquées que d'autres. La vôtre en fait partie. Je ne vous jugerai pas dans la décision que vous avez prise vis-à-vis de votre mère. Et je n'évoquerai aucun point de vue la concernant, ni sur sa façon de vous avoir aimée, ou de vous avoir élevée. Sachez que même en retrait j'ai tout suivi de cette affaire. J'ai lu les témoignages et le rapport que Lisa a écrit pour la juge. Votre famille a connu grand nombre de souffrances, dont vous n'avez pas été épargné. Dans cette douleur, il y a aussi une volonté de se battre, et d'aller de l'avant. Une recherche du bonheur qui était tellement désiré a fini par arriver. Votre mère n'est pas la meilleure personne au monde, et vos rapports avec elle ne seront jamais tels que vous les auriez rêvés. Mais il y a un lien entre vous, que vous n'avez pas totalement rejeté, vous l'avez juste lâché et vous le gardez proche de vous. Ce lien vous fait souffrir. Même si vous êtes persuadée du contraire. Vous avez parcouru du chemin pendant toutes ses années, vous n'êtes plus en recherche d'amour à n'importe quel prix. Vous avez votre famille, pour laquelle on ressent une immense fierté. La chose dont je suis certain est que plus personne ne fera de mal ni à vous ni à votre famille. Je n'ai pas vécu vos souffrances, mais croyez-moi, si ma mère était encore en vie, j'essayerais d'apprendre à la connaître. »

Je quitte la pièce brusquement, les larmes coulent sur les joues de Johanna. Je reviens avec des photocopies, au moment où Franck attrape la main gauche de Johanna posée sur la table. Il la serre doucement comme pour lui apporter du réconfort. Je tends les feuilles à Johanna, en lui disant :

« Je ne devrais pas faire ça… Mais… voici le témoignage de votre mère. Je l'ai recueilli juste après mon retour de Charente maritime. Je pense que ça vous aiderait de le lire. »

Après nous avoir salués, les deux femmes ont marché dans les rues de Cambrai. Marie Anne a appelé Christine, Léo mangeait une glace, et ne s'impatientait pas vraiment de leur absence. Elles en ont donc profité pour s'asseoir à la terrasse d'un café. Lire seule le témoignage de sa mère est insoutenable pour la jolie brune. Sa femme est assise sur la chaise d'à côté. Ensemble, elle commence la lecture :

Je suis Liliana Carpentier. Mon prénom vient de mon arrière-grand-mère, je suis la troisième enfant d'une famille nombreuse. Mes parents ont eu deux garçons avant moi, puis un autre garçon et trois filles. Notre famille travaillait à la sucrerie depuis des générations, c'est tout naturellement que mon père m'y ait fait entrer à l'âge de quinze ans. Dans notre milieu, il était encore rare qu'une fille puisse faire des études, en plus il fallait aider à la maison. Ma mère s'occupait de nous, pendant que mon père s'usait à la tâche pour nous nourrir. Nous avons reçu une éducation stricte, sans vraiment de tendresse. À cette époque, on ne s'occupait pas des enfants comme maintenant, et les punitions corporelles étaient normales. Des enfants du village, rares étaient ceux qui n'avaient pas peur de leur père.

Quand j'ai eu vingt-cinq ans, j'ai commencé à travailler comme secrétaire au sein de la sucrerie. Pendant mes congés d'été, j'allais dans les champs ramasser les betteraves, nous étions payés au poids. Ma maman était d'origine italienne, j'avais donc hérité de ses longs cheveux noirs bouclés, et de ses yeux verts, intenses. J'avais un corps mince, et mes mains n'étaient pas encore abîmées par la vie. Nombreux étaient les garçons qui me faisaient la cour. J'aimais plaire alors j'en jouais. Mon père avait prévu mes fiançailles avec le fils du médecin du village. Un garçon de bonne famille qui prendrait la relève de son père. Ma vie était toute tracée. À l'époque, on se posait beaucoup moins de questions que maintenant. D'une certaine façon, ses fiançailles m'enjouaient parce que j'étais vraiment amoureuse de ce garçon depuis toute petite. Il était mon premier et mon grand amour. Nous dansions ensemble dans les bals le samedi soir, sans la confiance que mon père lui accordait, je n'aurais jamais pu sortir. Deux mois avant mes fiançailles, ma vie a pris un tournant inattendu. J'ai découvert que j'étais enceinte. Pour ma famille c'était une catastrophe, il fallait avancer les fiançailles, et que je me marie avant que la grossesse ne se remarque. Mon père est allé à la rencontre du médecin de famille, qui a annulé les fiançailles. Pour celui-ci, il n'y avait aucune preuve que l'enfant était de son fils, et il ne souhaitait pas salir sa famille avec un bâtard. Mon père a donc pris les choses en main, et m'a trouvé un mari parmi mes prétendants. Georges était un jeune homme sérieux, et secrètement fou amoureux de moi. Il travaillait avec ma famille à la sucrerie.

Georges avait hérité de la maison de ses parents un an auparavant, j'ai rejoint cette maison le soir même de notre mariage où éméché il a voulu consommer sa nuit de noces. Puisque je n'étais plus vierge, il était inutile d'utiliser la douceur. Il m'a fait l'amour comme une bête sauvage, ne pensant qu'à son propre plaisir. Heureusement, cela n'a pas duré longtemps. Je n'ai connu aucun moment de tendresse avec cet homme qui n'avait que le seul désir de me posséder, et m'exposer devant ses copains. Il avait épousé la plus belle femme du village. Aux yeux de tous, nous formions un joli couple heureux, qui allait avoir son premier enfant. Dans l'intimité, c'était autre chose, même si j'étais une épouse docile, il ne s'empêchait pas de me cogner, de peur que je finisse par lui échapper. Une jeune femme qui se retrouve enceinte de cette façon, on ne peut pas lui faire confiance. Plusieurs fois, je suis allée en parler à ma mère qui m'a répondu que je devais rester auprès de mon mari. Je m'étais mise seule dans cette situation, j'avais le juste retour du bâton. Je devais même être soulagée d'avoir un mari après ce que j'avais fait. Alors j'ai arrêté de me plaindre, et j'ai accepté les coups. J'étais enceinte de sept mois quand l'un de mes frères est venu nous rendre visite. Nous buvions un café ensemble, et il me parlait de la petite amie dont il était amoureux. Il paraît que j'étais de bons conseils. Mon mari avait pour habitude de passer au café après le travail, il rentrait souvent très tard et éméché. Ce jour-là, ne faisant pas exception, il est arrivé au moment où mon frère allait partir. Il était dans un tel état qu'il n'a pas remarqué que nous avions un invité. Il a commencé à m'insulter, il m'a giflée parce que le repas n'était pas prêt. Mon frère s'est interposé, et une bagarre a eu lieu. Après lui avoir mis une bonne raclée, mon frère est rentré chez mes parents. Il m'a promis de dire à mon père que Georges n'était pas un bon mari. Le lendemain, à la sucrerie, la tension était tendue entre les deux hommes. Mon mari est parti en esclandre et a perdu son travail. À son retour à la maison, il m'a tellement tabassée que j'ai perdu les eaux. Mettre au monde un bébé prématuré était une horreur. Je n'avais pas eu le temps de me préparer. Il m'a fallu venir à bout de plusieurs heures de souffrances avant que le bébé ne se décide à sortir. Quand enfin je fus délivrée, je me suis écroulée de fatigue. Je me suis réveillée deux jours après avec une forte fièvre. J'ai ressenti un soulagement en pensant que l'enfant avait succombé. Il faut me comprendre, j'étais jeune, et mon mari était un homme cruel. Comment pouvais-je avoir envie d'élever cet enfant ? Comme je récupérais bien, l'infirmière m'a proposé une balade. J'étais assise dans un fauteuil roulant qu'elle poussait. Elle s'est arrêtée devant une salle vitrée, a poussé la porte où il était écrit : « pouponnière ». Elle m'a amenée devant une couveuse où dormait paisiblement un minuscule poupon. L'infirmière m'a dit avec douceur :

« Votre petite fille est magnifique, elle se bat avec force. Je suis certaine qu'elle vivra. »

J'ai explosé en sanglots. L'infirmière a pensé que ça m'était insoutenable de voir mon bébé dans cet état, elle m'a donc ramenée dans ma chambre en s'excusant. J'avais une fille, pourquoi une fille ? Et pourquoi vivait-elle ? Elle n'était pas encore née que son père avait essayé de la tuer en me battant. Pourquoi cet enfant voulait vivre à tout prix ?

Pendant ma convalescence, mon mari n'est pas venu me voir. Il a juste reçu un appel pour venir me chercher au moment de ma sortie. Avant de partir, je lui ai demandé :

« Que fait-on du bébé ?

— On le laisse ici, s'il vit, on viendra le chercher. »

Il a expliqué au personnel soignant que nous ne souhaitions pas nous attacher à un enfant dont nous n'étions pas certains de sa survie. Cette pratique se faisait souvent. Les prématurés avaient peu de chances de vivre. Il fallait quand même faire la déclaration de naissance à l'état civil, nous l'avons appelé Johanna comme son arrière-grand-mère. À la sortie de la mairie, j'ai croisé ma mère avec une de mes sœurs. Je leur ai annoncé la naissance de Johanna, je leur ai expliqué que celle-ci s'était mal passée, et que le bébé avait peu de chances de survie. Ma mère a simplement répondu :

« Eh bien, espérons qu'elle ne vivra pas. »

Je n'ai plus revu mes parents, ni mes frères, ni mes sœurs. Au bout de deux mois, le téléphone sonna pour nous annoncer que nous pouvions aller chercher Johanna. Elle était devenue un beau bébé joufflu avec beaucoup de cheveux noirs, et de grands yeux. Je ne savais pas quoi faire avec elle, et puis je lui en voulais, c'était sa faute tout ça. Sans cette grossesse, je me serais mariée avec mon premier amour, pas avec cet homme immonde. Ma famille ne m'aurait pas tourné le dos. Je ne l'aimais pas cette gamine. Il aurait mieux valu l'abandonner, qu'elle puisse vivre dans une famille qui lui aurait donné de l'amour. Mais mon mari avait le sens de l'engagement, nous l'avons gardée. Johanna était agitée, elle pleurait sans cesse, elle réclamait les bras. Moi, je n'avais pas envie de m'occuper d'elle. Je la tenais contre moi juste pour la faire taire, et parce que j'avais remarqué que lorsque le bébé était contre moi, Georges ne me frappait pas. Parfois, je me surprenais à aimer sentir son petit cœur battre contre le mien, elle était tellement paisible à certains moments que ça m'apaisait. Ça n'a duré que quelque temps malheureusement.

Quelques mois après la naissance de ma fille, j'étais enceinte de Jonathan et mon mari avait trouvé un travail dans une usine. Il a vendu la maison, et nous avons donc déménagé. La naissance de Jonathan a été différente, elle a rendu mon mari heureux. Il me couvrait de cadeaux, de bisous, il disait qu'il m'aimait, que je lui avais offert tout ce dont un homme pouvait rêver. Bizarrement, il disait que notre fils était mon portrait, qu'il serait beau comme un dieu. Alors qu'autant que ma fille me ressemblait comme deux gouttes d'eau, je n'ai jamais trouvé de ressemblance entre mon fils et moi. Il avait vu juste que notre fils était beau, et costaud. Un vrai petit mec robuste ! Il était aussi très calme, et réclamait moins d'attention que Johanna qui hurlait tout le temps. Après dix jours passés à la maternité, j'ai retrouvé ma fille dans notre maison. Elle était horrible, amaigrie et sentait très mauvais. Dix jours sans bain, sans soin, sans avoir de vrais repas. J'ai donc attendu que mon petit bonhomme s'endorme pour m'occuper d'elle. Quand la petite a eu environ quatre ans, mon mari ne m'a plus touchée ni frappée. Il se défoulait sur elle, et donnait tout son amour à son fils. J'avais la paix, mais à quel prix ? J'ai fermé les yeux parce que c'était trop dur d'accepter l'inacceptable. Mon fils avait tout pour être heureux, jusqu'à ma protection. Il était l'enfant roi qui faisait la fierté du père qu'il vénérait. J'ai tout accepté de Jonathan, je lui ai tout pardonné, je lui trouvais même des excuses quand qu'il était responsable. Ma fille, je la regardais peu, elle se débrouillait seule. Après la naissance de mon fils, mon instinct maternel s'est développé. Vous connaissez beaucoup de mères qui supportent de voir un enfant torturé ? Je ne pouvais pas la regarder, parce que j'étais incapable de la protéger.

J'ai commencé à découvrir ma fille après la mort de mon mari. J'ai donc aussi commencé à l'aimer. Elle était adolescente, et physiquement elle ressemblait beaucoup à celle que j'avais été. Je me voyais à travers elle, et ça m'attendrissait. Bien que contrairement à moi, Johanna avait un caractère fort, pour cette raison je l'ai toujours admirée. Elle était intelligente et rêvait de faire des études, je suis certaine qu'elle aurait pu devenir avocate ou juge, si la vie avait été autrement. J'avais de nouveau tissé des liens avec ma famille, je revoyais très régulièrement mes parents, mes frères et mes sœurs. Je découvrais des neveux et des nièces. Tout le monde était subjugué par la beauté de ma fille qui ressemblait aussi à son arrière-grand-mère restée en Italie. Une femme magnifique que tout le monde aimait.

Le jour où elle a poignardé la main de son frère, j'ai vu en lui une fureur que je connaissais chez leur père. Je me suis dit qu'à son retour il allait la tuer, et j'avais peur d'un drame. Johanna avait beaucoup d'amis au lycée, je lui ai ordonné de partir en pensant qu'elle prendrait refuge chez l'un d'eux. C'était la pire décision de ma vie. Un long mois sans nouvelles, quand enfin une assistante sociale de l'UTPAS m'a appelée. Je me suis effondrée quand elle m'a raconté ce que ma fille était en train de vivre. Bien sûr que j'ai souhaité la récupérer, mais je ne l'ai pas fait de la bonne façon. J'ai laissé Jonathan l'humilier. J'étais soulagée, vous savez, quand elle m'a annoncé qu'elle partait à La Rochelle. Je ne l'ai pas retenue. Parce qu'elle méritait mieux que ce que je pouvais lui offrir. Quelque temps après, Jonathan a trouvé du travail sur Paris, il est revenu avec Delphine et Thomas. Je ne voulais pas reproduire les erreurs du passé. J'ai aimé mon petit-fils à l'instant même où mon fils me l'a présenté, avec une volonté de le protéger. Quant à ma belle-fille, je l'ai aimée comme ma propre fille, aussi mal. J'ai toujours su que mon fils suivrait le même chemin que son père. Il avait le même regard noir, la même posture terrifiante. Et pourtant c'était mon fils, ça l'est toujours. Il est impossible pour une mère d'accepter que son fils puisse devenir un monstre. Aussi choquant que ça puisse vous paraître, j'irai lui rendre visite en prison, et je continuerai à l'aimer. Je suis convaincue que je suis responsable des souffrances de mes enfants, et du suicide de Delphine. Parce que je n'ai jamais rien dit, je n'ai jamais su les protéger. Si toute cette souffrance, je pouvais l'épargner à mes petits-enfants, je pourrais partir tranquille. Delphine était une bonne mère, elle aimait plus que tout ses enfants. Je l'ai vu s'occuper d'eux avec le sourire, et une tendresse réconfortante, même quand elle avait pris des coups. Personne au monde ne l'aimait plus que ses enfants. Ce n'est pas elle qui aurait dû mourir. Je ne sais pas encore combien de temps mon cœur va supporter tous ses poids, c'est une question de mois maintenant. Johanna est une femme merveilleuse, et une meilleure mère que ce que j'ai pu être. Avec Marie Anne, elles forment un couple atypique, comme je n'ai pas eu l'occasion d'en rencontrer. Il y a tellement d'amour entre elles que ça en est troublant. Je comprends qu'elles veuillent protéger ce petit cocon qu'elles ont construit ensemble. Si ma fille refuse de prendre en charge les enfants de son frère, je n'interviendrai pas. Plus jamais je ne lui demanderai de se sacrifier. Elle a trouvé en sa voisine, la mère que je n'ai pas su être pour elle, à qui je laisse volontiers ma place. Parce que j'ai mis du temps à le comprendre, mais j'aime ma fille. Je l'aime vraiment, alors tant mieux si elle est heureuse, même si c'est sans moi.

Elles

Il y a quelque chose de plus fort que la mort, c'est la présence des absents dans la mémoire des vivants.

Jean d'Ormesson

Il a fallu quelques jours pour que Johanna accuse du témoignage de sa mère. Le moment tant attendu arrive à grands pas. Nous sommes tous fébriles. Même Franck d'un naturel calme semble nerveux. C'est la première fois qu'il défend un placement chez un couple de femmes homosexuelles. Une fois de plus pour les filles, il leur faudra démontrer que Marie Anne et Johanna sont de bons parents. Ce qui semble peser à la jolie blonde. L'avocat est séduisant dans sa robe noire, plus encore lorsqu'il commence à plaider. Quant à moi, j'ai rédigé des rapports de qualité qui m'ont aidé au moment de prendre la parole. J'ai l'habitude des audiences, mais celle-ci me tient particulièrement à cœur. Stéphanie, son nouveau compagnon, et la grand-mère des enfants sont présents. Christine est en promenade avec Leopold. Ses mamans ne souhaitaient pas qu'il assiste à tout ce déballage familial. Avec une immense fierté, et un grand soulagement, elles ont obtenu la garde provisoire des enfants avec un accompagnement social et psychologique le temps de trouver un équilibre. La juge ne s'est pas attardée sur leur vie de couple, l'important étant que le foyer soit sécurisant.

Lors d'une audience précédente à celle-ci, Jonathan a perdu l'autorité parentale concernant Thomas, mais l'a gardé pour ses autres enfants. Cela a été très dur à encaisser pour les filles. Franck a dû leur expliquer la complexité de ce retrait. En sortant du tribunal, nous discutons sur le trottoir. Sans dire un mot, la mère de Johanna s'avance vers elle. La fille fait un pas, puis s'arrête, elle hésite. Je me demande si elle va l'embrasser ou la repousser. A-t-elle lu son témoignage ? À la grande surprise générale, elle la prend dans ses bras, et lui propose de rencontrer son fils pour la première fois. Émue, cette dame aux cheveux grisonnants nous invite à prendre le repas chez elle le soir même. D'habitude, je refuse ce genre d'invitation, mais depuis le départ, je ne cesse de le dire, cette situation est différente. Et plus tôt dans la journée, j'ai annoncé à mon chef de service ma ferme intention de quitter mon poste. Ce dossier m'a donné envie de voyager, de profiter des merveilles que la vie peut nous offrir, pourquoi ne pas écrire un livre ?

Après cette épreuve, les filles ont retrouvé Chris et leur bonhomme, puis elles se sont reposées dans leur chambre d'hôtel. Avant de rejoindre la maison de sa belle-mère, Marie Anne a préparé le petit garçon. Jo ne se sentait pas capable de le faire, tant elle angoisse. Elle est pleine de doute, est-ce une bonne idée de chambouler sa vie de cette façon ?

Aux alentours de dix-neuf heures, je gare la voiture, et je descends sur le trottoir. Je vois arriver le C-Crosser qui fait la même chose, au volant, Johanna regarde cette maison qui lui a causé tant de souffrances. Marie Anne assise à ses côtés prend sa main dans la sienne :

— C'est terminé, tout ce que tu as vécu, tu ne le vivras plus jamais. Je t'en fais la promesse. Je suis là, et je te protégerai.

Christine qui est à l'arrière avec Léo se détache, et passe sa tête entre les deux sièges avant :

— Nous te protégerons !

Liliana nous ouvre la porte chaleureusement, beaucoup d'émotions se dégagent. Nous ne savons pas trop comment réagir. Léopold loin d'être un enfant timide s'avance soudainement vers elle avec un sourire :

— C'est toi la mamie que je ne connais pas ?

Un torrent de larmes s'écoule de ses yeux, pour la première fois, elle serre son petit-fils dans ses bras. Elle respire son odeur, lui caresse maladroitement le visage. Puis Thomas nous rejoint dans le couloir, et lui dit :

— Alors comme ça, tu es le petit cousin… Bienvenue microbe.

Il le présente à la fratrie. Les enfants semblent contents d'accueillir un petit cousin, mais les circonstances ne se prêtent pas aux festivités. Ils viennent de perdre leur mère, et d'une certaine manière leur père. Dans quelques jours, ils vont devoir rejoindre une famille, et une région qu'ils ne connaissent pas. C'est toute leur vie qui s'écroule.

Je jette un œil à ma droite, Johanna est dans les bras de sa femme qui lui chuchote :

— Nous avons fait le bon choix.

Ce n'est pas terminé. Il reste l'enquête concernant le suicide de Delphine qui aura lieu peu de temps après cette soirée. Nous assistons au premier procès de Jonathan qui est placé en détention provisoire en attendant son procès en assise. Nous sommes soulagés, le chef d'accusation n'a pas changé, il sera jugé pour homicide involontaire, coups et blessures ayant entraîné la mort. Jo a d'abord refusé d'y assister, mais sa femme a réussi à la convaincre. Johanna, Marie Anne, Stéphanie, Christine, Liliana, et moi, nous sommes les seules porteuses de voix qui restent pour Delphine. Nous devons être présentes pour elle. J'ai convaincu Johanna de se rapprocher de l'association *Toutes avec elles* qui lutte contre les violences faites aux femmes. Grâce aux réseaux sociaux, et à un emballement médiatique, la présidente a su toucher énormément de monde. Si bien que plus de deux cents personnes, hommes et femmes confondus sont en train de manifester devant le tribunal. Cette foule met mal à l'aise Johanna, mais Franck lui explique que l'opinion publique oriente parfois dans les décisions du juge. Le procès est long, et éprouvant, à plusieurs reprises, la grand-mère des enfants vacille. C'est sa fille qui la soutient durant toute cette épreuve.

Les autorités ont fini par leur rendre le corps de Delphine. Après de longues discussions avec un prêtre de la paroisse de Cambrai, Marie Anne a réussi à ce que Delphine soit baptisée le jour de son enterrement, ainsi elle pourra bénéficier d'une messe à l'église. Malgré tout ce qu'elle a pu vivre, jusqu'à son dernier souffle, elle a gardé la foi. Celui-ci est surtout touché par sa vie qui a éclaté au grand jour, et a compris les circonstances de la mort. Delphine est morte par désespoir, ou plutôt par espoir.

On arrive au jour tant redouté. J'ai le sentiment d'avoir connu Delphine, sans réellement la connaître. Hier, nous sommes allées chercher des vêtements dans la grande maison qui n'est plus sous scellée, c'était une épreuve supplémentaire. Les filles m'ont demandé de les accompagner, alors j'y suis allée, et j'ai choisi ce moment pour remettre la lettre à Johanna. Elle doit lire aux enfants les derniers mots de leur maman. Elle n'osait pas prendre l'enveloppe, alors Marie Anne l'a fait à sa place en me promettant de la lui donner au bon moment. La maison était froide, comme figée à l'instant où Delphine est morte. Elle avait pris soin de faire le ménage, de ranger le linge, et même de préparer des affaires pour les enfants le lendemain. Prendre soin d'eux et veiller à ce qu'ils ne manquent de rien étaient sa façon de leur montrer son amour pour eux. Jamais nous n'aurions pu imaginer que dans une si belle demeure l'horreur y habitait.

Johanna a tenu à prendre les vêtements que Delphine avait préparés pour ses enfants. Elle a donc ramassé le linge sur chaque bureau dans les chambres où les lits n'avaient pas été faits. On sentait le réveil précipité, l'incompréhension, les cris, les pleurs, puis l'arrivée des pompiers, de la police. En plus de quelques affaires, elles ont récupéré les doudous, ainsi que quelques jouets et des photos pour les enfants. Pendant ce temps, j'avançais lentement dans la chambre parentale. L'image choquante du seul lit qui était soigneusement fait, les pantoufles de Delphine l'attendaient à ses pieds. J'ai ouvert la fenêtre, et j'ai regardé le ciel s'assombrir. Des larmes de douleurs coulaient sur mes joues. Si seulement ce drame avait pu être évité ! Puis le cœur lourd, Johanna et Marie Anne ont fermé les volets. Elles ont scellé la maison avec leurs cœurs, celle-ci appartenait à Jonathan, sa maman s'en chargerait sûrement.

Il est dix heures trente, nous arrivons devant les pompes funèbres, où repose Delphine dans l'une de leurs salles funéraires. Il y a tellement de monde que nous avons dû nous garer dans une rue parallèle, et la remonter en marchant. Thomas avance seul devant nous, Jo tient la main des jumeaux, Marie Anne, celle de Brandon et Steeve. Et moi, celle de la petite puce aux longs cheveux châtain. Nous nous arrêtons devant un passage piéton, ses beaux yeux marron me fixent. Elle est jolie dans sa petite robe fleurie, et son gilet bleu ciel. À notre arrivée, des centaines de personnes qui brandissent des pancartes d'amour nous font une haie pour qu'on puisse rentrer. Elles reviennent d'une marche blanche qui avait été organisée dans la matinée, à laquelle nous n'avions pas souhaité participer. C'est émouvant, mais ça ne fera pas revenir Delphine. Je garde une certaine rancœur, et un profond échec de notre administration face à cette histoire. J'aurais aimé intervenir quand elle était vivante. Il y a également des journalistes de la région, y compris ceux d'une grande chaîne nationale. Je ne sais pas ce que ressentent les enfants, mais les jumeaux semblent crispés, et Kelly s'accroche à ma main. Une fois entrée, Thomas avec la colère d'un pré adolescent meurtri nous adresse la parole :

« À quoi ça sert toutes ses conneries ?

Je lui réponds aussitôt.

— C'est un hommage à ta maman, parce qu'elle était une femme exceptionnelle.

— C'est ça ouais… »

Les enfants se sentent abandonnés par leur mère. Ils doivent sans doute penser qu'ils sont responsables de son suicide, ou qu'elle ne devait pas les aimer assez pour rester en vie. Il n'y a que Thomas qui s'exprime.

Avant d'ouvrir la porte, nous préparons les enfants aux images qu'ils vont voir. Nous leur expliquons que leur maman est dans une boîte. Étant donné l'état du corps, la famille a jugé préférable de fermer le cercueil après l'avoir récupéré. Aucun n'a réagi. J'ouvre donc la porte, il y a un monde incroyable. Nous entendons des : « si tu as besoin, n'hésite pas, la famille, ça se soutient dans les moments difficiles » ; « je ne comprends pas sur Facebook, elle écrivait des publications, tout allait bien » ; « je suis de tout cœur avec toi » ; « que va-t-il se passer pour les enfants ? » « jamais je ne pourrais abandonner mes enfants ». Johanna s'approche de moi, et me dit :

— Ils sont tous là les plus grands hypocrites que le monde ait connus.

Les enfants lâchent nos mains et accourent dans les bras de leur grand-mère. Elle les encourage à déposer sur le cercueil les dessins, et les poèmes qu'ils ont faits pour leur maman. Devant le cercueil, sur un présentoir se tient une photo. Le cliché a sûrement été pris dans leur salon, peu de temps avant Noël. On voit le sapin joliment décoré dans le fond à gauche. Au premier plan, sur le canapé, Delphine habillée d'une robe en jean tient Kelly sur ses genoux, à ses côtés, deux petits garçonnets aux cheveux bruns et aux regards malicieux rient de bon cœur, il s'agit de Brandon et de Steeve. Thomas, le seul blond de la famille aux yeux gris, est assis à côté de ses frères. Il adopte une attitude décontractée. Au sol, sur un beau tapis gris, Bryan et Dylan, tous deux ont également les cheveux bruns et les yeux noisette. Ils sont assis en tailleur, et semblent s'amuser à se pincer. Je me rends compte que je découvre la mère de famille, avant cette photo j'avais une vague idée sur son apparence physique. Je suis stupéfaite de voir qu'elle n'a rien d'une femme fragile et amaigrie. Elle est plutôt jolie et porte un sourire radieux.

La douce voix de Kelly provoque un silence gênant, et me sort de mon analyse.

— Pourquoi papa n'est pas sur la photo ?

Qui pourrait répondre à cette fillette de quatre ans ? Lui dire que sa grand-mère a préféré ne pas mettre une photo où son père y était, parce qu'il est en quelque sorte responsable de la mort de sa maman. Personne… Alors Liliana s'avance avec douceur, et prend sa petite fille dans ses bras.

— Allez, viens, ma chérie.

De nouveau, l'agitation reprend, je vois Johanna devenir rouge, et sortir. Je la suis.

« Tout va bien Johanna ?

— Je suis sortie avant d'en tuer un.

Marie Anne nous rejoint, elle s'approche de sa compagne avec inquiétude.

— Ça va ?

— Non, ces espèces de vautours me débectent au plus haut point !

— Ils sont maladroits, mais ils ont quand même l'esprit de famille.

— Pourquoi ? Parce qu'ils viennent aux enterrements pour déblatérer ? On ne les voit jamais. À notre retour en Charente maritime, je vire tout ça de Facebook. Nous n'en voulons pas de leur soutien, on s'en tape. Que ce soit pour Delphine ou pour nous, qu'ont-ils fait lorsque nous en avions besoin ? Rien. Ils nous ont toujours fait sentir que nous n'appartenions pas à cette famille, qu'ils restent entre eux, et nous foutent la paix.

— Mon cœur, le seul coupable de ce qui est arrivé, est ton frère, n'en cherche pas d'autres.

— Nous sommes tous coupables, parce que personne n'a bougé le petit doigt.

Le ton commence à monter, je me demande si je dois rester, ou partir :

— C'est faux ! Et tu le sais ! Nous avons essayé, toi, Christine, Stéphanie et moi. Toi, plus que nous toutes ! Ta chienne en a même été torturée. Durant toutes ses années, en arrière de ta famille. Dans le plus grand secret, tu as gardé contact avec elle, tu as passé des heures à discuter, à la rassurer. Tu crois que je ne sais pas que tu lui envoyais de l'argent de temps en temps. Malgré la peur, tu étais présente, et tu l'es encore aujourd'hui.

— Pour que cela serve à quoi ? Dis-le-moi… Elle a fini par en mourir.

— Mais c'était la seule issue qu'elle a trouvée ! Tu ne pouvais rien y faire, il aurait fallu qu'elle trouve une autre voie pour la sauver, ça ne pouvait pas venir de toi. Tu as fait ce que tu as pu. Tu ne pouvais pas faire plus.

— J'aurais pu me bouger, j'ai fermé les yeux pour rester dans ma zone de confort.

— C’est injuste ce que tu dis, plusieurs fois tu as risqué ta vie pour la sauver. Toi aussi tu as un fils, et vouloir le protéger de ce monstre ce n’est pas ce que j’appelle une zone de confort. Écoute-moi s’il te plaît, nous sommes des mères, et pour chacune d’entre nous, nos enfants sont notre priorité. Nous ne pouvons pas savoir ce qui s’est passé dans la tête de ta belle-sœur peut être que mourir était la solution qu’elle a trouvée pour protéger ses enfants. Regarde un peu autour de toi, sans ce suicide, crois-tu qu’elle aurait eu autant de soutien ? »

Tendrement, Marie-Anne enlace sa femme, et lui tend l’enveloppe.

— Tu devrais lire cette lettre.

Elle ajoute ensuite en ma direction :

— Laissons-la seule.

Pendant que Johanna lit la lettre, à l’intérieur, on se prépare à sortir le cercueil. Ce moment est lourd en émotions. Je regarde la grand-mère et je me demande combien de temps va-t-elle tenir. Toute sa vie n’aura été que souffrance, combien de temps son cœur tiendra après cette lourde épreuve ? Aujourd’hui, elle enterre sa belle-fille, qu’elle considère comme sa fille. Et demain, elle ira voir son fils en prison. Johanna nous rejoint, elle enlace sa mère, et prend le relais. Nous suivons les hommes des pompes funèbres qui tiennent le cercueil blanc orné de fleurs. Liliana avance d’un pas lent, à ses côtés sa fille et sa belle-fille se tiennent la main. Je suis juste derrière, parce que les filles m’ont demandé d’accompagner les enfants. À ma gauche, Thomas marche en regardant ses pieds, il tient la main de sa petite sœur qui de son autre main serre la mienne. Steeve me tient la main droite. La rangée suivante est composée de Stéphanie et Christine qui veillent sur Bryan, Dylan et Brandon. Puis le reste de la famille, et les inconnus. La haie d’honneur nous attend toujours à la sortie, un long silence est présent, même les oiseaux n’osent pas chanter. Des femmes pleurent, d'autres sont à genoux comme pour être plus proche des enfants. D'un coup, quand nous nous engageons dans le passage, la foule se met à jeter des pétales de roses blanches sur le cercueil. Johanna n'en revient pas. Je vois Marie Anne lui chuchoter :

— C'est un magnifique hommage.

À cela, elle répond :

— Peut-être, mais un peu lourd, j'aurais préféré rester dans l'intimité.

Le geste est touchant, bien que maladroit. Mais tout de même légèrement pesant. Delphine qui a passé sa vie à se sentir petite a des funérailles en grand. Lorsqu'un évènement est projeté de cette façon au grand jour, les gens se sentent impliqués, et veulent montrer leur soutien. C'est un phénomène que l'on voit beaucoup sur les réseaux sociaux. Il est difficile de reprocher à l'association d'avoir autant médiatisé cette histoire, puisque c'est en quelque sorte grâce à tout cela que Jonathan est en prison à ce moment précis.

Nous suivons lentement les hommes des pompes funèbres qui déposent le cercueil dans la voiture. Un des hommes se met au volant, les autres nous accompagnent dans la marche, dans une position solennelle, le regard droit. Nous marchons ainsi dans le silence jusqu'à l'église. Autant de personnes nous attendent devant l'édifice que celles qui nous suivent. La cérémonie est longue et pesante. Même le prêtre en fait de trop. On entend des petits cris de larmes provenant de différents endroits. Le beau visage de Thomas est crispé, de façon à ne pas laisser ses larmes couler. Quant aux petits, ils semblent ne pas trop comprendre. J'ai cette fois laissé la place au premier rang à la famille, je suis donc assise en retrait sur le côté. J'ai une vue sur l'autel, le cercueil entre les deux rangées de chaises, et la foule immense qui s'étend jusqu'à l'extérieur. Il est prévu que Johanna fasse un discours. Quand arrive son tour, je la vois se lever pour rejoindre le micro. Elle porte un pantalon, et une chemise noire, des lunettes de soleil sont posées sur ses cheveux courts, ses yeux verts brillent de douleur. Elle tourne sa tête et me lance un regard de supplice. J'essaye de lui renvoyer une image rassurante.

En tremblant, elle sort un papier de sa poche, et commence :

— Delphine…

Après le premier mot, elle s'arrête et s'effondre. Puis elle regarde devant elle, comme pour trouver de la force dans l'église noire de foule. Seuls les enfants sont habillés avec de jolies couleurs. Elle les regarde un à un, elle fixe leurs petits yeux terrorisés. Contre toute attente, elle range le papier dans sa poche. Je pense alors qu'elle va rejoindre son siège. Nous aurions tous compris. Elle prend une respiration, et pleine de regains, elle reprend :

— Nous pensions tous connaître Delphine, elle était discrète et ne faisait jamais d'histoire à personne. Pour cela, il aurait déjà fallu qu'elle soit un petit peu plus entourée. Elle m'a dit une fois qu'elle ne se sentait jamais seule parce qu'elle était aimée de Dieu, et de ses enfants. Rien ne comptait plus pour elle. Delphine avait cette force de penser que dans toutes douleurs, il y avait du positif. Un rayon de soleil pouvait lui donner le sourire. Delphine continuera de briller dans le ciel, comme elle le faisait chaque jour pour ses enfants.

Elle n'a pas le temps de rejoindre sa chaise que les petits lui sautent au cou en pleurant à chaudes larmes. Après l'offrande, le prêtre demande à l'assemblée de respecter la volonté de la famille. À savoir de ne pas les suivre jusqu'au cimetière afin de permettre aux enfants de se recueillir sur la tombe de leur mère. Sur les marches de l'église, nous regardons la foule se disperser dans l'émotion, ainsi que le cercueil que les hommes des pompes funèbres emportent en direction du cimetière. La grand-mère et le reste de la famille les suivent. Il ne reste que les enfants, Marie Anne, Johanna et moi. Les journalistes qui jusqu'à présent étaient restés discrets se dirigent vers nous, dans l'espoir d'avoir une interview. Johanna refuse catégoriquement. Franck et moi allons la représenter. L'avocat nous a rejoints à la fin de la cérémonie avec le petit Leopold que les filles lui avaient confié. La présidente de l'association *Toutes avec elles* commence son monologue devant les caméras. Elle évoque des chiffres terrifiants, une femme meurt tous les deux jours sous les coups de son compagnon, une femme sur trois est victime de violences conjugales. Même si l'histoire de Delphine n'est pas un cas isolé, elle a touché à de nombreuses personnes. Le regard droit, elle annonce avec fermeté : « Tant que le gouvernement ne votera pas des lois en vue de protéger les femmes, nous enterrerons d'autres Delphine. » Après son discours, elle vient nous saluer. Les filles la remercient, elles la verront avant leur retour en Charente maritime. Elle aussi s'en va. Franck m'embrasse furtivement sur la joue, puis me fait un clin d'œil, c'est à son tour de répondre aux questions. Il en dit suffisamment pour laisser croire qu'il donne des détails importants. Et enfin, vient mon tour, j'écoute les conseils du cameraman, je réponds avec maladresse aux différents journalistes. Et puis je repense au courage de Johanna dans l'église, face à la foule, ce qui me pousse à terminer avec cette phrase : « Combien d'enfants devront continuer à perdre leurs mamans de cette horrible façon ? Combien de femmes continueront de se donner la mort dans le seul espoir de mettre leur progéniture en sécurité ? Avant que ce massacre s'arrête enfin… »

Après ce cri du cœur, les caméras partent, Franck me rejoint.

« Je dois partir pour une audience, je serai chez toi aux alentours de vingt heures.

— Et qui te dis que j'y serai ?

Il sourit, m'attrape par la taille, et me donne un baiser fougueux.

— Je verrais bien. »

Je regarde Franck partir, puis je me dirige vers les filles et les enfants. Marie Anne me lance un sourire complice.

« On se disait bien qu'il y avait quelque chose entre vous.

Johanna l'attrape par la taille, et répond :

— Je… disais bien… tu me dois un resto, ma chérie. »

Je souris, elle en avait parié entre elles. Je pense qu'il est temps pour moi de partir, mais les filles me proposent de rester. Je crois qu'inconsciemment je commence à faire partie de leur nouvelle vie. J'ai promis que je serai là jusqu'au bout, alors je reste. Marie Anne entre dans l'église, instinctivement nous la suivons. Elle demande au prêtre s'il est possible d'entrer à nouveau pour que les petits puissent prier. Nous prenons des cierges, puis nous nous installons dans un coin. La religion n'a jamais eu une place importante dans ma vie, ça s'est accentué quand j'ai commencé mon métier, en intervenant pour des enfants maltraités, torturés, violés. Paradoxalement, pendant mon cancer j'en voulais à Dieu. Il me fallait un coupable. Assise à mes côtés, Johanna est aussi mal à l'aise que moi, contrairement à Marie Anne qui semble être dans son élément. Nous la regardons prier, elle a l'air si paisible, comme si elle retrouvait une part d'elle-même. Puis, elle se lève et propose son aide pour ranger l'église. En la voyant discuter avec le prêtre, Johanna est prise par un énorme sentiment de culpabilité :

— J'ai le sentiment de lui avoir imposé un choix entre son amour pour Dieu et le mien. Alors qu'elle aurait pu nous aimer tous les deux. La seule relation que notre fils a avec l'église est qu'il est baptisé, et encore j'ai eu du mal à accepter le fait de ne pas être reconnu comme parent. En la regardant s'occuper des enfants, je me dis que peut-être elle se serait épanouie si elle partageait sa religion avec notre petit garçon. Mais comment pourrait-on, alors que le pape bannit les couples homosexuels ? Il aurait l'image de sa venue au monde comme quelque chose de non naturel, une naissance honteuse. Il penserait que ses mamans ont commis un crime en le désirant, que l'amour qu'elles lui portent est égoïste, parce qu'elles l'ont privé d'un père. Si vous saviez à quel point nous l'avons désiré notre petit lutin.

Aussitôt, je lui dis le fond de ma pensée :

— Je ne suis pas catholique, et loin de penser que nos vies dépendent d'une présence divine. Mais si Dieu existe vraiment, vous pensez qu'il croit à ce que vous venez de me dire ? Si ça se trouve, il est le premier à se réjouir en voyant votre famille, nous n'avons que des paroles d'hommes et de femmes qui parlent en son nom. C'est certain, l'être humain condamne ce qu'il ne connaît pas, surtout quand il s'agit d'amour. Dieu, je ne sais pas… En tous cas, votre amour m'a redonné foi en l'humanité.

Une main s'est posée sur l'épaule de Johanna, c'est le petit ami de Stéphanie. Il nous signale que la mise du cercueil dans le caveau est terminée. Les hommes des pompes funèbres sont partis, ainsi que le reste de la famille, nous pouvons donc y aller. Sans dire un mot, nous nous rendons au cimetière. Nous traversons les rangées de tombes. Le petit ami de Stéphanie emboîte le pas, suivi du couple, chacune tient dans une main celle de leur fils, je suis avec les enfants. Devant la tombe, au bruit de nos pas, Stéphanie, Christine et Liliana se retournent. Cette dernière vient chercher ses petits-enfants, et les amène auprès de leur mère. Nous nous mettons quelques instants en retrait pour leur permettre de se recueillir entre eux. Il y a des cris et des larmes.

« Ce n'est pas vrai que maman est dans la terre, elle va revenir, je le sais. Hurle Bryan du haut de ses sept ans.

— Pourquoi maman, tu es partie sans nous dans le ciel ? continue le petit Steeve.

C'est la première fois que j'entends leur voix, les enfants laissent sortir leur douleur. Impuissante, je regarde la scène qui se déroule devant moi. La grand-mère tourne sa tête en ma direction. Je comprends alors qu'il est temps de les emmener. Je m'approche doucement pour les rassembler. Thomas me fixe avec ses yeux remplis de désespoirs :

— Si papa ne m'avait pas frappé, maman serait encore en vie, n'est-ce pas ?

— Non Thomas, tu ne peux pas dire ça. La situation était beaucoup plus grave que ce que tu en connais. Je ne peux pas dire si ta maman serait vivante ou non, mais je suis certaine d'une chose, tu n'es en aucun cas responsable de ce qui est arrivé, ai-je répondu le cœur lourd. »

Johanna se baisse à la hauteur des enfants, elle sort la lettre de sa poche, et commence à leur lire :

— Je vais vous lire une partie de la lettre qu'elle vous a laissée avant de partir : *Mon corps est parti, mais je suis toujours là, dans votre cœur. À votre naissance, j'y ai déposé une petite étincelle qui vous piquera chaque fois que vous penserez à moi. Au début, ce sera très douloureux, mais au fil du temps elle vous apaisera. Chaque soir, regardez par la fenêtre, choisissez une étoile, je viendrai m'y poser, et je vous regarderai. Vous ne me verrez pas, mais je serai là. Les soirs où il n'y aura pas d'étoiles, je voyagerai à travers les nuages. Je vous aime plus que tout au monde, j'espère qu'un jour, vous comprendrez et que vous me pardonnerez.*

Après quelques minutes de recueillement, les sept enfants me suivent ainsi que le petit ami de Stéphanie :

— Elles ont besoin de se retrouver entre elles, accordons-leur ce moment.

Nous quittons donc le cimetière, au bout de quelques pas je me retourne, et je m'arrête attendrie devant l'image qui m'est offerte.

La mère a pris la main de sa fille, qui de l'autre main serre celle de sa femme. Qui tient celle de sa sœur, qui attrape celle de sa marraine. Liliana, Johanna, Marie Anne, Stéphanie, Christine… Cinq femmes réunies autour de celle qui d'une certaine manière les avait unies. Sur la tombe, il y a tellement de fleurs qu'on ne voit plus la plaque. Toutes ses fleurs ne veulent pas dire que Delphine a été profondément aimée, elles signifient qu'elle est une femme de plus à mourir sous les coups de son compagnon.

Lundi dix octobre deux mille seize, comme chaque matin, j'emprunte les mêmes rues, je marche sur les mêmes pavés. Les bâtiments changent au gré des saisons et des rénovations. Je n'ai moi-même plus la vitalité de ma jeunesse. Les cheveux en bataille, j'apprécie partir travailler à une heure matinale. La canicule ne se fait plus ressentir. La pluie caresse mon visage. C'est de loin le meilleur moment de la journée. J'entre le cœur serré dans le hall de ce grand bâtiment qui a très peu connu de changements en vingt ans. Je salue amicalement la secrétaire. Notre conversation est brève, elle n'a aucun message pour moi. Je me sens en forme, je prends l'escalier. Je traverse le long couloir, tous mes collègues semblent avoir le même regard. Je les salue en souriant et je pousse la porte de mon bureau. Je respire la bonne odeur du café qui est en train de couler. Je m'installe sur la chaise, et je regarde les dizaines de pochettes à rabat en attente d'être traitées dans l'urgence. Je souhaite intérieurement un bon courage à ma remplaçante. Je réunis mes affaires pour rejoindre Franck à l'extérieur. Je sors du tiroir le dossier « Carpentier ». Je caresse la pochette en me remémorant les deux mois qui viennent de s'écouler. Je l'embarque pour la déposer moi-même aux archives avant de partir. Je l'aurais suivi jusqu'au bout. Le dossier est clos.

Remerciements

Merci Kylian, Samuel et Maxance, d'avoir donné un sens à ma vie. Votre amour me pousse toujours à aller plus haut, plus loin, plus fort.

Merci à ma famille, mes frères et ma sœur, mes amies pour votre soutien et votre amour.

Merci maman pour tout l'amour que tu me portes, et d'être cette femme incroyable à qui je voudrais tant ressembler.

Merci Martine pour ton amitié inconditionnelle, ta patience et pour avoir tant cru en moi.

Merci Steeve et Sébastien, d'être ces gars bien parmi d'autres gars bien.

Merci Belle, Elioss, Gaïka, Haya, Lana et Eizio d'avoir été/d'être les meilleurs amis du monde.

Merci Maman, Sophie, Martine, Aurélie et Hortense, pour vos aides précieuses, vos lectures, vos avis et vos corrections.

Merci Stéphanie, mon incroyable petite sœur sans qui cette aventure magnifique n'aurait pas été possible.

Imprimé en France
Achevé d'imprimer en septembre 2024
Dépôt légal : juillet 2024

Pour

Le Lys Bleu Éditions
40, rue du Louvre
75001 Paris